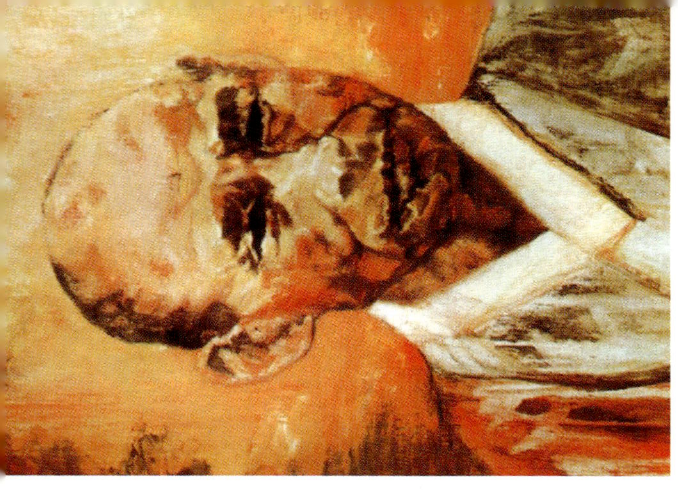

Han Yong-un

시인 한용운 | 그림 송경 화백

님의 침묵

확정판

definitive edition

님의 침묵

시학
Poetics

차 례

님의 침묵

님의 침묵

군말*

「님」만 님이 아니라 기룬**것은 다 님이다 중생衆生이 석가釋迦의 님이라면 철학哲學은 칸트의 님이다 장미화薔薇花의 님이 봄비라면 마시니의 님은 이태리伊太利다 님은 내가 사랑할 뿐아니라 나를 사랑하나니라

연애戀愛가 자유自由라면 님도 자유일 것이다 그러나 너희는 이름 좋은 자유에 알뜰한 구속拘束을 받지 않너냐 너에게도 님이 있너냐 있다면 님이 아니라 너의 그림자니라

나는 해 저문 벌판에서 돌어가는 길을 잃고 헤매는 어린 양羊이 기루어서 이 시詩를 쓴다***

---

*군말 : 쓸데없이 덧붙이는 말, 췌언, 사족. 여기서는 '서문, 책머리에' 라는 뜻으로 자신의 글을 낮춰서 겸손하게 표현한 말.

** 기루다 : '그리워하다, 그립다, 사랑하다, 안타깝다, 정을 두다, 찬양하다, 불쌍하다, 마음에 두고 아끼다, 키우다, 기르다, 꼭 필요하다' 등의 여러 뜻으로 쓰인다. 여기에서 '기루다' 는 이러한 여러 가지 뜻을 두루 포괄하는 것이고, 뒤의 '기루다' 는 '불쌍하다' 라는 뜻이다.

*** 이하 표기는 한글 중심漢子併記으로 하되 원문에 충실한다. 단 고어, 방언, 개인시어는 어감을 살리는 데 효과적인 것으로 판단될 경우엔 그대로 쓰되 오자, 탈자, 어법에 현저히 어긋나는 경우만 바로잡는다. 한자어는 처음 나온 경우, 뜻을 강조하거나 어감상 특별한 경우만 사용하고 가급적 한글 표기를 우선하기로 한다. 아울러 띄어쓰기는 요즘의 한글정서법에 따른다.

님의 침묵沈黙

님은 갔습니다 아아 사랑하는 나의 님은 갔습니다

푸른 산빛을 깨치고 단풍나무 숲을 향하야 난 적은* 길을 걸어서 참어** 떨치고 갔습니다

황금의 꽃같이 굳고 빛나던 옛맹세盟誓는 차디찬 티끌이 되야서 한숨의 미풍微風에 날어갔습니다

날카로운 첫키스의 추억은 나의 운명運命의 지침指針을 돌러 놓고 뒷걸음쳐서 사러졌습니다

나는 향기로운 님의 말소리에 귀먹고 꽃다운 님의 얼골에 눈멀었습니다

사랑도 사람의 일이라 만날 때에 미리 떠날 것을 염려하고 경계하지 아니한 것은 아니지만 이별은 뜻밖의 일이 되고 놀란 가슴은 새로운 슬픔에 터집니다

그러나 이별을 쓸데없는 눈물의 원천源泉을 만들고

---

* 적은 : 원래 '양이 많지 않다' 의 뜻이나 이 시집에서는 '크지 않다' 와 혼용되고 있다.

** 참어 : 이처럼 원문에는 '참어' 로 되어 있다. '참다[忍]' 의 부사형으로 생각된다. (이별의 슬픔을 떨치고) '참고서' 의 뜻이다. 일반적으로 '차마' 의 뒤에는 '…하지 못하다' 처럼 부정어사가 나오는 것이 어법에 맞기 때문이다. 이 시에서는 이 두 가지가 혼합된 이중의미로 볼 수 있다.

마는 것은 스스로 사랑을 깨치는 것인 줄 아는 까닭에 걷잡을 수 없는 슬픔의 힘을 옮겨서 새 희망의 정수박이에 들어부었습니다

우리는 만날 때에 떠날 것을 염려하는 것과 같이 떠날 때에 다시 만날 것을 믿습니다

아아 님은 갔지마는 나는 님을 보내지 아니하얏습니다

제 곡조를 못이기는 사랑의 노래는 님의 침묵沈黙을 휩싸고 돕니다

이별은 미美의 창조創造

이별은 미의 창조입니다

이별의 미는 아침의 바탕[質] 없는 황금과 밤의 올[糸] 없는 검은 비단과 죽엄 없는 영원의 생명과 시들지 않는 하늘의 푸른 꽃에도 없습니다

님이여 이별이 아니면 나는 눈물에서 죽었다가 웃음에서 다시 살어날 수가 없습니다 오오 이별이여

미美는 이별의 창조입니다

알 수 없어요

바람도 없는 공중에 수직垂直의 파문波紋을 내이며 고요히 떨어지는 오동잎은 누구의 발자최입니까

지리한 장마 끝에 서풍에 몰려가는 무서운 검은 구름의 터진 틈으로 언뜻언뜻 보이는 푸른 하늘은 누구의 얼골입니까

꽃도 없는 깊은 나무에 푸른 이끼를 거쳐서 옛 탑塔 위의 고요한 하늘을 슬치는* 알 수 없는 향기는 누구의 입김입니까

근원은 알지도 못할 곳에서 나서 돌부리를 울리고 가늘게 흐르는 적은 시내는 굽이굽이 누구의 노래입니까

연꽃 같은 발꿈치로 가이없는 바다를 밟고 옥玉 같은 손으로 끝없는 하늘을 만지면서 떨어지는 날을 곱게 단장하는 저녁놀은 누구의 시詩입니까

타고 남은 재가 다시 기름이 됩니다 그칠 줄을 모르고 타는 나의 가슴은 누구의 밤을 지키는 약한 등불입니까

---

* 슬치는 : '스치다' 의 강세표현.

나는 잊고저

남들은 님을 생각한다지만
나는 님을 잊고저 하야요
잊고저 할수록 생각히기로
행혀 잊힐까 하고 생각하야 보았습니다

잊으랴면 생각히고
생각하면 잊히지 아니하니
잊도 말고 생각도 말어 볼까요
잊든지 생각든지 내버려 두어 볼까요
그러나 그리도 아니 되고
끊임없는 생각생각에 님뿐인데 어찌하야요

귀태여 잊으랴면
잊을 수가 없는 것은 아니지만
잠과 죽엄뿐이기로
님 두고는 못하야요

아아 잊히지 않는 생각보다
잊고저 하는 그것이 더욱 괴롭습니다

가지 마서요

그것은 어머니의 가슴에 머리를 숙이고 자기자기한 사랑을 받으랴고 삐죽거리는 입설로 표정表情하는 어여쁜 아기를 싸안으랴는 사랑의 날개가 아니라 적敵의 깃旗발입니다

그것은 자비慈悲의 백호광명白毫光明이 아니라 번득거리는 악마의 눈[眼]빛입니다

그것은 면류관冕旒冠과 황금黃金의 누리와 죽엄과를 본 체도 아니하고 몸과 마음을 돌돌 뭉쳐서 사랑의 바다에 퐁당 넣으랴는 사랑의 여신女神이 아니라 칼의 웃음입니다

아아 님이여 위안慰安에 목마른 나의 님이여 걸음을 돌리서요 거기를 가지 마서요 나는 싫여요

대지大地의 음악은 무궁화無窮花 그늘에 잠들었습니다
광명의 꿈은 검은 바다에서 잠약질*합니다

---

* 잠약질 : 자맥질.

무서운 침묵은 만상萬像의 속살거림에 서슬이 푸른 교훈敎訓을 내리고 있습니다

아아 님이여 새 생명의 꽃에 취醉하랴는 나의 님이여 걸음을 돌리서요 거기를 가지 마서요 나는 싫여요

거룩한 천사天使의 세례를 받은 순결한 청춘을 똑 따서 그 속에 자기의 생명을 넣어서 그것을 사랑의 제단祭壇에 제물祭物로 드리는 어여쁜 처녀가 어디 있어요

달금하고 맑은 향기를 꿀벌에게 주고 다른 꿀벌에게 주지 않는 이상한 백합꽃이 어디 있어요

자신의 전체全体를 죽엄의 청산靑山에 장사 지내고 흐르는 빛[光]으로 밤을 두 조각에 베히는 반딧불이 어디 있어요

아아 님이여 정情에 순사殉死하려는 나의 님이여 걸음을 돌리서요 거기를 가지 마서요 나는 싫여요

그 나라에는 허공虛空이 없습니다

그 나라에는 그림자 없는 사람들이 전쟁戰爭을 하고

있습니다

  그 나라에는 우주만상宇宙萬像의 모든 생명生命의 쇗
대를 가지고 척도尺度를 초월한 삼엄한 궤율軌律로 진
행하는 위대한 시간이 정지되얏습니다

  아아 님이여 죽엄을 방향芳香이라고 하는 나의 님이
여 걸음을 돌리서요 거기를 가지 마서요 나는 싫여요

고적한 밤

하늘에는 달이 없고 땅에는 바람이 없습니다
사람들은 소리가 없고 나는 마음이 없습니다

우주宇宙는 죽엄인가요
인생人生은 잠인가요

한 가닥은 눈썹에 걸치고 한 가닥은 적은 별에 걸쳤
던 님 생각의 금金실은 살살살 걷힙니다
한 손에는 황금黃金의 칼을 들고 한 손으로 천국天國
의 꽃을 꺾던 환상幻想의 여왕女王도 그림자를 감추었
습니다
아아 님 생각의 금실과 환상의 여왕이 두 손을 마조
잡고 눈물의 속에서 정사情死한 줄이야 누가 알어요

우주는 죽엄인가요
인생은 눈물인가요
인생이 눈물이면
죽엄은 사랑인가요

나의 길

이 세상에는 길도 많기도 합니다

산에는 돌길이 있습니다 바다에는 뱃길이 있습니다 공중에는 달과 별의 길이 있습니다

강가에서 낚시질 하는 사람은 모래 위에 발자최를 내입니다 들에서 나물 캐는 여자는 방초芳草를 밟습니다

악한 사람은 죄의 길을 좇어갑니다

의義 있는 사람은 옳은 일을 위하야는 칼날을 밟습니다

서산에 지는 해는 붉은 놀을 밟습니다

봄 아츰의 맑은 이슬은 꽃 머리에서 미끄름 탑니다

그러나 나의 길은 이 세상에 둘밖에 없습니다

하나는 님의 품에 안기는 길입니다

그렇지 아니하면 죽엄의 품에 안기는 길입니다

그것은 만일 님의 품에 안기지 못하면 다른 길은 죽엄의 길보다 험하고 괴로운 까닭입니다

아아 나의 길은 누가 내였습니까

아아 이 세상에는 님이 아니고는 나의 길을 내일 수가 없습니다

그런데 나의 길을 님이 내였으면 죽엄의 길은 왜 내셨을까요

꿈 깨고서

님이면은 나를 사랑하련마는 밤마다 문 밖에 와서 발
자최 소리만 내이고 한 번도 들어오지 아니하고 도로
가니 그것이 사랑인가요
　그러나 나는 발자최나마 님의 문 밖에 가본 적이 없
습니다
　아마 사랑은 님에게만 있나 봐요

　아아 발자최 소리나 아니더면 꿈이나 아니 깨었으련
마는
　꿈은 님을 찾어가랴고 구름을 탔었어요

예술가藝術家

나는 서투른 화가畫家여요

잠 아니 오는 잠자리에 누워서 손가락을 가슴에 대히고 당신의 코와 입과 두 볼에 새암 파지는 것까지 그렸습니다

그러나 언제든지 적은 웃음이 떠도는 당신의 눈자위는 그리다가 백 번이나 지웠습니다

나는 파겁 못한* 성악가聲樂家여요

이웃 사람도 돌어가고 버러지 소리도 끊쳤는데 당신이 가르쳐 주시던 노래를 부르랴다가 조는 고양이가 부끄러워서 부르지 못하얏습니다

그래서 가는 바람이 문풍지를 슬칠 때에 가만히 합창合唱하얏습니다

나는 서정시인叙情詩人**이 되기에는 너무도 소질이

없나 봐요

「질거움」이니「슬픔」이니「사랑」이니 그런 것은 쓰기 싫여요

　당신의 얼골과 소리와 걸음걸이와를 그대로 쓰고 싶습니다

　그리고 당신의 집과 침대와 꽃밭에 있는 적은 돌도 쓰것습니다

이별

아아 사람은 약한 것이다 여린 것이다 간사한 것이다

이 세상에는 진정한 사랑의 이별은 있을 수가 없는 것이다

죽엄으로 사랑을 바꾸는 님과 님에게야 무슨 이별이 있으랴

이별의 눈물은 물거품의 꽃이요 도금鍍金한 금金방울이다

칼로 베힌 이별의 「키쓰」가 어데 있너냐

생명의 꽃으로 빚은 이별의 두견주杜鵑酒가 어데 있너냐

피의 홍보석으로 만든 이별의 기념 반지가 어데 있너냐

이별의 눈물은 저주呪咀의 마니주摩尼珠*요 거짓의 수정水晶이다

---

*마니주 : '마니'는 범어로서 '구슬, 보물'의 뜻. 마니주는 불행과 재난을 물리치는 힘이 있다는 속설이 있다. 여기서는 '여의주如意珠'의 뜻이 되겠다.

사랑의 이별은 이별의 반면反面에 반드시 이별하는 사랑보다 더 큰 사랑이 있는 것이다

혹은 직접直接의 사랑은 아닐지라도 간접間接의 사랑이라도 있는 것이다

다시 말하면 이별하는 애인보다 자기自己를 더 사랑하는 것이다

만일 애인을 자기의 생명보다 더 사랑하면 무궁無窮을 회전回轉하는 시간의 수레바퀴에 이끼가 끼도록 사랑의 이별은 없는 것이다

아니다 아니다 「참」보다도 참인 님의 사랑엔 죽엄보다도 이별이 훨씬 위대偉大하다

죽엄이 한 방울의 찬 이슬이라면 이별은 일천 줄기의 꽃비다

죽엄이 밝은 별이라면 이별은 거룩한 태양太陽이다

생명보다 사랑하는 애인을 사랑하기 위하야는 죽을 수가 없는 것이다

진정한 사랑을 위하야는 괴롭게 사는 것이 죽엄보다도 더 큰 희생이다

이별은 사랑을 위하야 죽지 못하는 가장 큰 고통苦痛이요 보은報恩이다

애인은 이별보다 애인의 죽엄을 더 슬퍼하는 까닭이다

사랑은 붉은 촛불이나 푸른 술에만 있는 것이 아니라 먼 마음을 서로 비치는 무형無形에도 있는 까닭이다

그러므로 사랑하는 애인을 죽엄에서 잊지 못하고 이별에서 우는 것이다

그러므로 애인을 위하야는 이별의 원한怨恨을 죽엄의 유쾌愉快로 갚지 못하고 슬픔의 고통으로 참는 것이다

그러므로 사랑은 참어** 죽지 못하고 참어 이별하는 사랑보다 더 큰 사랑은 없는 것이다

** 앞의 '참어'는 부정부사 '차마'의 뜻으로 쓰였고 뒤의 '참어'는 '참고서'의 뜻으로 쓰인 것으로 이해된다.

　그리고 진정한 사랑은 곳***이 없다
　진정한 사랑은 애인의 포옹抱擁만 사랑할 뿐 아니라
애인의 이별도 사랑하는 것이다

　그리고 진정한 사랑은 때가 없다
　진정한 사랑은 간단間斷이 없어서 이별은 애인의 육肉
뿐이요 사랑은 무궁無窮이다

　아아 진정한 애인을 사랑함에는 죽엄은 칼을 주는 것
이요 이별은 꽃을 주는 것이다
　아아 이별의 눈물은 진眞이요 선善이요 미美다
　아아 이별의 눈물은 석가釋迦요 모세요 잔다르크다

*** 여기서 '곳'은 무한으로서 사랑의 공간 개념을 내포한다. 정해진 테두리
나 제한된 장소.

길이 막혀

당신의 얼골은 달도 아니언만
산 넘고 물 넘어 나의 마음을 비칩니다

나의 손길은 왜 그리 쩔러서*
눈 앞에 보이는 당신의 가슴을 못 만지나요

당신이 오기로 못 올 것이 무엇이며
내가 가기로 못 갈 것이 없지만은
산에는 사다리가 없고
물에는 배가 없어요

뉘라서 사다리를 떼고 배를 깨뜨렸습니까
나는 보석으로 사다리 놓고 진주로 배 모아요
오시랴도 길이 막혀서 못 오시는 당신이 기루어요

---

* 쩔러서 : '짧아서' 의 충청방언.

자유정조 自由貞操

내가 당신을 기다리고 있는 것은 기다리고자 하는 것이 아니라 기다려지는 것입니다

말하자면 당신을 기다리는 것은 정조貞操보다도 사랑입니다

남들은 나더러 시대에 뒤진 낡은 여성女性이라고 삐죽거립니다 구구區區한 정조를 지킨다고

그러나 나는 시대성時代性을 이해하지 못하는 것도 아닙니다

인생과 정조의 심각한 비판批判을 하야 보기도 한두 번이 아닙니다

자유 연애의 신성神聖(?)을 덮어놓고 부정하는 것도 아닙니다

대자연을 따라서 초연생활超然生活을 할 생각도 하야 보았습니다

그러나 구경究竟, 만사萬事가 다 저의 좋아하는 대로 말한 것이요 행한 것입니다

나는 님을 기다리면서 괴로움을 먹고 살이 찝니다 어
려움을 입고 키가 큽니다
　나의 정조는 「자유정조自由貞操」입니다

하나가 되야 주서요

34

님이여 나의 마음을 가져가랴거든 마음을 가진 나한
지* 가져 가서요 그리하여 나로 하여금 님에게서 하나
가 되게 하서요

그렇지 아니하거든 나에게 고통만을 주지 마시고 님
의 마음을 다 주서요 그리고 마음을 가진 님한지 나에
게 주서요 그래서 님으로 하여금 나에게서 하나가 되
게 하서요

그렇지 아니하거든 나의 마음을 돌려 보내 주서요 그
리고 나에게 고통을 주서요

그러면 나는 나의 마음을 가지고 님의 주시는 고통을
사랑하것습니다

---

* 나한지 : 나까지, 나를 모두.

나룻배와 행인行人

나는 나룻배
당신은 행인行人

당신은 흙발로 나를 짓밟습니다
나는 당신을 안고 물을 건너갑니다
나는 당신을 안으면 깊으나 얕으나 급한 여울이나 건
너갑니다

만일 당신이 아니 오시면 나는 바람을 쐬고 눈비를
맞으며 밤에서 낮까지 당신을 기다리고 있습니다
당신은 물만 건느면 나를 돌아보지도 않고 가십니다
그려
그러나 당신이 언제든지 오실 줄만은 알아요
나는 당신을 기다리면서 날마다 날마다 낡어갑니다

나는 나룻배
당신은 행인

차라리

님이여 오서요 오시지 아니하랴면 차라리 가서요 가
랴다 오고 오랴다 가는 것은 나에게 목숨을 빼앗고 죽
엄도 주지 않는 것입니다

님이여 나를 책망하랴거든 차라리 큰 소리로 말씀하
야 주서요 침묵으로 책망하지 말고 침묵으로 책망하는
것은 아픈 마음을 얼음 바늘로 찌르는 것입니다

님이여 나를 아니 보랴거든 차라리 눈을 돌려서 감으
서요 흐르는 곁눈으로 흘겨보지 마서요 곁눈으로 흘겨
보는 것은 사랑의 보褓에 가시의 선물을 싸서 주는 것
입니다

나의 노래

나의 노랫가락의 고저장단은 대중이 없습니다

그래서 세속의 노래 곡조와는 조금도 맞지 않습니다

그러나 나는 나의 노래가 세속 곡조에 맞지 않는 것을 조금도 애닲어 하지 않습니다

나의 노래는 세속의 노래와 다르지 아니하면 아니되는 까닭입니다

곡조는 노래의 결함缺陷을 억지로 조절調節하랴는 것입니다

곡조는 부자연不自然한 노래를 사람의 망상妄想으로 도막쳐 놓는 것입니다

참된 노래에 곡조를 부치는 것은 노래의 자연에 치욕恥辱입니다

님의 얼골에 단장을 하는 것이 도로혀* 험이 되는 것과 같이 나의 노래에 곡조를 붙이면 도로혀 결점缺點이 됩니다

---

* 도로혀 : 도리어.

나의 노래는 사랑의 신神을 울립니다

나의 노래는 처녀의 청춘을 쥡짜서 보기도 어려운 맑은 물을 만듭니다

나의 노래는 님의 귀에 들어가서는 천국天國의 음악이 되고 님의 꿈에 들어가서는 눈물이 됩니다

나의 노래가 산과 들을 지나서 멀리 계신 님에게 들리는 줄을 나는 압니다

나의 노랫가락이 바르르 떨다가 소리를 어르지** 못할 때에 나의 노래가 님의 눈물겨운 고요한 환상幻想으로 들어가서 사러지는 것을 나는 분명히 압니다

나는 나의 노래가 님에게 들리는 것을 생각할 때에 광영光榮에 넘치는 나의 적은 가슴은 발발발 떨면서 침묵의 음보音譜를 그립니다

** 어르다 : 어우르다, 조화되다, 잘 어울리다.

당신이 아니더면

당신이 아니더면 포시럽고* 매끄럽던 얼골이 왜 주름살이 접혀요

당신이 기룹지만** 않다면 언제까지라도 나는 늙지 아니할 테여요

맨 츰에 당신에게 안기던 그때대로 있을 테여요

그러나 늙고 병들고 죽기까지라도 당신 때문이라면 나는 싫지 안하여요

나에게 생명을 주든지 죽엄을 주든지 당신의 뜻대로만 하서요

나는 곧 당신이어요

---

* 포시럽고 : 보들보들하고, 보드랍고.

** 기룹다 : 그립다, 보고싶다. 여기서는 '사랑의 괴로움'을 강조하는 역설적 의미.

잠 없는 꿈

나는 어느 날 밤에 잠 없는 꿈을 꾸었습니다

「나의 님은 어데 있어요 나는 님을 보러 가것습니다
님에게 가는 길을 가져다가 나에게 주서요 검*이여」

「너의 가랴는 길은 너의 님이 오랴는 길이다 그 길을
가져다 너에게 주면 너의 님은 올 수가 없다」

「내가 가기만 하면 님은 아니 와도 관계가 없습니다」

「너의 님의 오랴는 길을 너에게 갖다 주면 너의 님은
다른 길로 오게 된다 네가 간대도 너의 님을 만날 수가
없다」

「그러면 그 길을 가져다가 나의 님에게 주서요」

「너의 님에게 주는 것이 너에게 주는 것과 같다 사람
마다 저의 길이 각각 있는 것이다」

「그러면 어찌하여야 이별한 님을 만나 보것습니까」

「네가 너를 가져다가 너의 가랴는 길에 주어라 그리
하고 쉬지 말고 가거라」

「그리할 마음은 있지마는 그 길에는 고개도 많고 물
도 많습니다 갈 수가 없습니다」

검*은 「그러면 너의 님을 너의 가슴에 안겨 주마」하
고 나의 님을 나에게 안겨 주었습니다

나는 나의 님을 힘껏 껴안었습니다
나의 팔이 나의 가슴을 아프도록 다칠 때**에 나의 두
팔에 베어진 허공은 나의 팔을 뒤에 두고 이어졌습니다

---

* 검 : 우리나라 민간신앙에서의 신神, 조물주, 절대자.
** 다칠 때 : 껴안을 때, 포옹할 때.

생명生命

닻과 키를 잃고 거친 바다에 표류漂流된 적은 생명의 배는 아즉 발견도 아니된 황금黃金의 나라를 꿈꾸는 한 줄기 희망의 나침반羅針盤이 되고 항로航路가 되고 순풍順風이 되야서 물결의 한 끝은 하늘을 치고 다른 물결의 한 끝은 땅을 치는 무서운 바다에 배질합니다

님이여 님에게 바치는 이 적은 생명을 힘껏 껴안아 주서요

이 적은 생명이 님의 품에서 으서진다 하야도 환희歡喜의 영지靈地에서 순정殉情한 생명의 파편은 최귀最貴한 보석寶石이 되야서 쪼각쪼각이 적당히 이어져서 님의 가슴에 사랑의 휘장徽章을 걸것습니다

님이여 끝없는 사막에 한 가지의 깃듸일* 나무도 없는 적은 새인 나의 생명을 님의 가슴에 으서지도록 껴안아 주서요

그리고 부서진 생명의 쪼각쪼각에 입맞춰 주서요

---

* 깃듸일 : 깃들일.

사랑의 측량測量

질겁고 아름다운 일은 양量이 많할수록 좋은 것입니다

그런데 당신의 사랑은 양이 적을수록 좋은가버요

당신의 사랑은 당신과 나와 두 사람의 새이에 있는 것입니다

사랑의 양을 알랴면 당신과 나의 거리를 측량할 수밖에 없습니다

그래서 당신과 나의 거리가 멀면 사랑의 양이 많하고 거리가 가까우면 사랑의 양이 적을 것입니다

그런데 적은 사랑은 나를 웃기더니 많한 사랑은 나를 울립니다

뉘라서 사람이 멀어지면 사랑도 멀어진다고 하여요

당신이 가신 뒤로 사랑이 멀어졌으면 날마다 날마다 나를 울리는 것은 사랑이 아니고 무엇이어요

진주眞珠

언제인지 내가 바닷가에 가서 조개를 주섯지요* 당신
은 나의 치마를 걷어 주섯어요 진흙 묻는다고
　집에 와서는 나를 어린아기 같다고 하섯지요 조개를
주워다가 작난한다**고 그리고 나가시더니 금강석을
사다 주섯습니다*** 당신이

　나는 그때에 조개 속에서 진주를 얻어서 당신의 적은
주머니에 너드렸습니다
　당신이 어디 그 진주를 가지고 기서요 잠시라도 왜
남을 빌려 주서요

---

* 주섯지요 : 줍다, '주웠지요' 의 충청방언.

** 작난하다 : 장난하다, 무엇을 가지고 놀다.

*** 주섯습니다 : 주다, 주셨지요.

슬픔의 삼매三昧

　하늘의 푸른 빛과 같이 깨끗한 죽엄은 군동群動을 정화淨化합니다
　허무虛無의 빛[光]인 고요한 밤은 대지大地에 군림君臨하얏습니다
　힘없는 촛불 아래에 사릿드리고* 외로이 누워 있는 오오 님이여
　눈물의 바다에 꽃배를 띄웠습니다
　꽃배는 님을 싣고 소리도 없이 가러앉었습니다
　나는 슬픔의 삼매三昧에 '아공我空'**이 되얏습니다

　꽃향기의 무르녹은 안개에 취醉하야 청춘의 광야曠野에 비틀걸음치는 미인美人이여
　죽엄을 기러기 털보다도 가벼웁게 여기고 가슴에서 타오르는 불꽃을 얼음처럼 마시는 사랑의 광인狂人이여

---

*사릿드리다 : 길게 웅크리고 있는 모습. '사리다'를 강조한 말.
** 아공我空 : 우리의 몸과 마음은 정신과 물질의 여러 가지 요소가 임시로 화합하여 이루어진 것이다. 항구적이고 통일된 어떤 힘을 지닌 불성佛性으로 '아我'가 있는 것이 아니기에 허무한 것이고 이를 '아공我空'이라 일컫는다.

아아 사랑에 병들어 자기의 사랑에게 자살自殺을 권
고하는 사랑의 실패자失敗者여
그대는 만족한 사랑을 받기 위하야 나의 팔에 안겨요
나의 팔은 그대의 사랑의 분신分身인 줄을 그대는 왜
모르서요

의심하지 마서요

　의심하지 마서요 당신과 떨어져 있는 나에게 조금도 의심을 두지 마서요
　의심을 둔대야 나에게는 별로 관계가 없으나 부질없이 당신에게 고통의 숫자만 더할 뿐입니다

　나는 당신의 첫사랑의 팔에 안길 때에 온갖 거짓의 옷을 다 벗고 세상에 나온 그대로의 발게버슨* 몸을 당신의 앞에 놓았습니다 지금까지도 당신의 앞에는 그때에 놓아 둔 몸을 그대로 받들고 있습니다

　만일 인위人爲가 있다면「어찌하여야 츰 마음을 변치 않고 끝끝내 거짓 없는 몸을 님에게 바칠꼬」하는 마음뿐입니다
　당신의 명령이라면 생명의 옷까지도 벗겄습니다

　나에게 죄가 있다면 당신을 그리워하는 나의「슬픔」입니다

---

* 발게버슨 : 발가벗은, 나신裸身의.

당신이 가실 때에 나의 입설에 수가 없이 입맞추고
「부대** 나에게 대하야 슬퍼하지 말고 잘 있으라」고
한 당신의 간절한 부탁에 위반違反되는 까닭입니다

그러나 그것만은 용서하여 주서요
당신을 그리워하는 슬픔은 곧 나의 생명인 까닭입니다
만일 용서하지 아니하면 후일後日에 그에 대한 벌罰
을 풍우風雨의 봄 새벽의 낙화落花의 수數만치라도 받
것습니다
당신의 사랑의 동아줄에 휘감기는 체형體刑도 사양
치 않것습니다
당신의 사랑의 혹법酷法 아래에 일만 가지로 복종하
는 자유형自由刑도 받것습니다

그러나 당신이 나에게 의심을 두시면 당신의 의심의
허물과 나의 슬픔의 죄를 맞비기고 말것습니다
당신에게 떨어져 있는 나에게 의심을 두지 마서요 부
질없이 당신에게 고통의 숫자를 더하지 마서요

** 부대 : '부디' 의 충청방언.

당신은

　당신은 나를 보면 왜 늘 웃기만 하서요 당신의 찡그
리는 얼골을 좀 보고 싶은데

　나는 당신을 보고 찡그리기는 싫여요 당신은 찡그리
는 얼골을 보기 싫여하실 줄을 압니다

　그러나 떨어진 도화가 날아서 당신의 입설을 슬칠 때
에 나는 이마가 찡그려지는 줄도 모르고 울고 싶었습
니다

　그래서 금실로 수놓은 수건으로 얼골을 가렸습니다

행복 幸福

나는 당신을 사랑하고 당신의 행복을 사랑합니다
나는 온 세상 사람이 당신을 사랑하고 당신의 행복을
사랑하기를 바랍니다
그러나 정말로 당신을 사랑하는 사람이 있다면 나는
그 사람을 미워하것습니다 그 사람을 미워하는 것은
당신을 사랑하는 마음의 한 부분입니다
그러므로 그 사람을 미워하는 고통도 나에게는 행복
입니다

만일 온 세상 사람이 당신을 미워한다면 나는 그 사
람을 얼마나 미워하것습니까
만일 온 세상 사람이 당신을 사랑하지도 않고 미워하
지도 않는다면 그것은 나의 일생에 견딜 수 없는 불행
입니다
만일 온 세상 사람이 당신을 사랑하고자 하야 나를
미워한다면 나의 행복은 더 클 수가 없습니다
그것은 모든 사람의 나를 미워하는 원한怨恨의 두만
강豆滿江이 깊을수록 나의 당신을 사랑하는 행복幸福
의 백두산白頭山이 높어지는 까닭입니다

착인錯認

　나려오서요 나의 마음이 자릿자릿하여요 곧 나려오
서요

　사랑하는 님이여 어찌 그렇게 높고 가는 나뭇가지 위
에서 춤을 추서요

　두 손으로 나뭇가지를 단단히 붙들고 고이고이 나려
오서요

　에그 저 나무 잎새가 연꽃 봉오리 같은 입설을 슬치
것네 어서 나려오서요

　「네 네 나려가고 싶은 마음이 잠자거나 죽은 것은 아
닙니다마는 나는 아시는 바와 같이 여러 사람의 님인
때문이어요 향기로운 부르심을 거스르고자 하는 것은
아닙니다」고 버들가지에 걸린 반달은 해쭉해쭉 웃으
면서 이렇게 말하는 듯하얏습니다

　나는 적은 풀잎만치도 가림이 없는 발게버슨 부끄럼
을 두 손으로 움켜쥐고 빠른 걸음으로 잠자리에 들어
가서 눈을 감고 누웠습니다

나려오지 않는다던 반달이 사뿐사뿐 걸어와서 창 밖
에 숨어서 나의 눈을 엿봅니다
부끄럽던 마음이 갑작히* 무서워서 떨려집니다

---

* 갑작히 : 갑자기.

밤은 고요하고

밤은 고요하고 방은 물로 시친듯* 합니다

이불은 개인 채로 옆에 놓아두고 화롯불을 다듬거리고** 앉었습니다

밤은 얼마나 되얏는지 화롯불은 꺼져서 찬 재가 되얏습니다

그러나 그를 사랑하는 나의 마음은 오히려 식지 아니하얏습니다

닭의 소리가 채 나기 전에 그를 만나서 무슨 말을 하얏는데 꿈조처 분명치 않습니다 그려

---

* 시친듯 : 씻은듯. 이 시에선 '선정禪定에 든 고요함' 또는 '맑은 정신' 의 상태를 상징한다.
** 다듬거리고 : 다독이며, 가지런히 다지며.

비밀秘密

비밀입니까 비밀이라니요 나에게 무슨 비밀이 있것
습니까

나는 당신에게 대하야 비밀을 지키랴고 하얏습니다
마는 비밀은 야속히도 지켜지지 아니하얏습니다

나의 비밀은 눈물을 거쳐서 당신의 시각視覺으로 들
어갔습니다

나의 비밀은 한숨을 거쳐서 당신의 청각聽覺으로 들
어갔습니다

나의 비밀은 떨리는 가슴을 거쳐서 당신의 촉각觸覺
으로 들어갔습니다

그밖의 비밀은 한 조각 붉은 마음이 되야서 당신의
꿈으로 들어갔습니다

그러고 마지막 비밀은 하나 있습니다 그러나 그 비밀
은 소리없는 매아리*와 같아서 표현할 수가 없습니다

---

*매아리 : 메아리.

사랑의 존재存在

사랑을 「사랑」이라고 하면 발써* 사랑은 아닙니다

사랑을 이름지을 만한 말이나 글이 어데 있습니까

미소에 눌려서 괴로운 듯한 장미빛 입설인들 그것을 슬칠 수가 있습니까

눈물의 뒤에 숨어서 슬픔의 흑암면黑闇面을 반사하는 가을 물결의 눈인들 그것을 비칠 수가 있습니까

그림자 없는 구름을 거처서 매아리 없는 절벽을 거처서 마음이 갈 수 없는 바다를 거처서 존재? 존재입니다

그 나라는 국경國境이 없습니다 수명壽命은 시간時間이 아닙니다

사랑의 존재는 님의 눈과 님의 마음도 알지 못합니다

사랑의 비밀은 다만 님의 수건手巾에 수繡놓는 바늘과 님의 심으신 꽃나무와 님의 잠과 시인詩人의 상상想像과 그들만이 압니다

* 발써 : 벌써.

꿈과 근심

밤근심이 하* 길기에
꿈도 길 줄 알았더니
님을 보러 가는 길에
반도 못 가서 깨었고나

새벽 꿈이 하 쩌르**기에
근심도 짜를 줄 알았더니
근심에서 근심으로
끝간 데를 모르것다

만일 님에게도
꿈과 근심이 있거든
차라리 근심이 꿈 되고 꿈이 근심 되어라

---

* 하 : '매우 많이', '하도' 의 뜻.
** 『님의 침묵』에서는 '쩌르[短]', '짜르' 가 혼용되고 있다.

포도주葡萄酒

　가을 바람과 아츰 볕에 마치맞게* 익은 향기로운 포도를 따서 술을 빚었습니다 그 술 고이는 향기는 가을 하늘을 물들입니다
　님이여 그 술을 연잎잔에 가득히 부어서 님에게 드리것습니다
　님이여 떨리는 손을 거쳐서 타오르는 입술을 취기** 셔요

　님이여 그 술은 한 밤을 지나면 눈물이 됩니다
　아아 한 밤을 지나면 포도주가 눈물이 되지마는 또 한 밤을 지나면 나의 눈물이 다른 포도주가 됩니다 오오 님이여

---

* 마치맞게 : 마치맞게, 알맞게, 그럴 듯하게.
** 취기다 : 축이다, 적시다.

비방誹謗

세상은 비방도 많고 시기猜忌도 많습니다
당신에게 비방과 시기가 있을지라도 관심치 마서요
비방을 좋아하는 사람들은 태양에 흑점黑點이 있는
것도 다행으로 생각합니다
당신에게 대하야는 비방할 것이 없는 그것을 비방할
는지 모르것습니다

조는 사자獅子를 죽은 양羊이라고 할지언정 당신이
시련試鍊을 받기 위하야 도적盜賊에게 포로捕虜가 되
얏다고 그것을 비겁卑劫이라고 할 수는 없습니다
달빛을 갈꽃으로 알고 흰모래 위에서 갈마기*를 이웃
하여 잠자는 기러기를 음란하다고 할지언정 정직한 당
신이 교활狡猾한 유혹에 속혀서** 청루靑樓에 들어갔
다고 당신을 지조持操가 없다고 할 수는 없습니다
당신에게 비방과 시기가 있을지라도 관심關心치 마
서요

---

* 갈마기 : 갈매기.
** 속혀서 : '속아서' 의 피동형 표현.

「?」

　희미한 졸음이 활발한 님의 발자최 소리에 놀라 깨어 무거운 눈썹을 이기지 못하면서 창을 열고 내다보았습니다

　동풍에 몰리는 소낙비는 산모롱이를 지나가고 뜰 앞의 파초잎 위에 빗소리의 남은 음파音波가 그네를 뜀니다

　감정感情과 이지理智가 마주치는 찰나刹那에 인면人面의 악마惡魔와 수심獸心의 천사가 보이랴다 사러집니다

　흔들어 빼는 님의 노랫가락에 첫잠 든 어린 잔나비의 애처로운 꿈이 꽃 떨어지는 소리에 깨었습니다

　죽은 밤을 지키는 외로운 등잔불의 구슬꽃이 제 무게를 이기지 못하야 고요히 떨어집니다

　미친 불에 타오르는 불쌍한 영靈은 절망의 북극北極에서 신세계新世界를 탐험探險합니다

　사막의 꽃이여 그믐밤의 만월滿月이여 님의 얼골이여

피랴는 장미화는 아니라도 갈지 않은 백옥白玉인 순
결한 나의 입설은 미소에 목욕沐浴감는 그 입설에 채
닿지 못하얏습니다
움직이지 않는 달빛에 눌리운 창에는 저의 털을 가다
듬는 고양이의 그림자가 오르락나리락합니다

아아 불佛이냐 마魔냐 인생人生이 티끌이냐 꿈이 황
금黃金이냐
적은 새여 바람에 흔들리는 약한 가지에서 잠자는 적
은 새여

님의 손길

　님의 사랑은 강철鋼鐵을 녹이는 불보다도 뜨거운데
님의 손길은 너머* 차서 한도限度가 없습니다
　나는 이 세상에서 서늘한 것도 보고 찬 것도 보았습
니다 그러나 님의 손길같이 찬 것은 볼 수가 없습니다

　국화 핀 서리 아침에 떨어진 잎새를 울리고 오는 가
을 바람도 님의 손길보다는 차지 못합니다
　달이 적고 별에 뿔나는** 겨울밤에 얼음 위에 쌓인 눈
도 님의 손길보다는 차지 못합니다
　감로甘露와 같이 청량淸凉한 선사禪師의 설법說法도
님의 손길보다는 차지 못합니다

　나의 적은 가슴에 타오르는 불꽃은 님의 손길이 아니
고는 끄는 수가 없습니다

---

*너머 : '너무'의 충청방언.
**별에 뿔나는 : 별이 추위에 얼어서 떨고 있는 모습을 감각적 인상으로 표현
한 말.

님의 손길의 온도를 측량測量할 만한 한난계寒暖計는
나의 가슴밖에는 아무 데도 없습니다
님의 사랑은 불보다도 뜨거워서 근심산山을 태우고
한恨바다를 말리는데 님의 손길은 너머도 차서 한도가
가 없습니다

해당화 海棠花

당신은 해당화 피기 전에 오신다고 하얏습니다 봄은 벌써 늦었습니다

봄이 오기 전에는 어서 오기를 바랐더니 봄이 오고 보니 너머 일찍 왔나 두려합니다*

철모르는 아이들은 뒷동산에 해당화가 피었다고 다투어 말하기로 듣고도 못 들은 체하얏더니

야속한 봄바람은 나는 꽃을 불어서 경대 위에 놓입니다 그려

시름없이 꽃을 주워서 입설에 대고「너는 언제 피었니」하고 물었습니다

꽃은 말도 없이 나의 눈물에 비쳐서 둘도 되고 셋도 됩니다

---

* 두려합니다 : 두려워합니다.

당신을 보았습니다

당신이 가신 뒤로 나는 당신을 잊을 수가 없습니다
까닭은 당신을 위하느니보다 나를 위함이 많습니다

나는 갈고 심을 땅이 없으므로 추수秋收가 없습니다
저녁거리가 없어서 조나 감자를 꾸러 이웃집에 갔더
니 주인主人은 「거지는 인격人格이 없다 인격이 없는
사람은 생명生命이 없다 너를 도와 주는 것은 죄악罪惡
이다」고 말하얏습니다
그 말을 듣고 돌어 나올 때에 쏟아지는 눈물 속에서
당신을 보았습니다

나는 집도 없고 다른 까닭을 겸하야 민적民籍이 없습
니다
「민적 없는 자者는 인권이 없다 인권이 없는 너에게
무슨 정조情操냐」하고 능욕凌辱하랴는 장군將軍이 있
었습니다
그를 항거抗拒한 뒤에 남에게 대한 격분激憤이 스스로
의 슬픔으로 화化하는 찰나刹那에 당신을 보았습니다

아아 온갖 윤리倫理, 도덕道德, 법률法律은 칼과 황금
黃金을 제사祭祀지내는 연기烟氣인 줄을 알았습니다
　　영원永遠의 사랑을 받을까 인간역사人間歷史의 첫 페
이지에 잉크칠을 할까 술을 마실까 망설일 때에 당신
을 보았습니다

비

비는 가장 큰 권위權威를 가지고 가장 좋은 기회機會
를 줍니다
비는 해를 가리고 하늘을 가리고 세상 사람의 눈을
가립니다
그러나 비는 번개와 무지개를 가리지 않습니다

나는 번개가 되야 무지개를 타고 당신에게 가서 사랑
의 팔에 감기고자 합니다
비 오는 날 가만히 가서 당신의 침묵沈黙을 가져온대
도 당신의 주인은 알 수가 없습니다

만일 당신이 비 오는 날에 오신다면 나는 연蓮잎으로
웃옷을 지어서 보내것습니다
당신이 비 오는 날에 연잎 옷을 입고 오시면 이 세상
에는 알 사람이 없습니다
당신이 비 가운데로 가만히 오셔서 나의 눈물을 가져
가신대도 영원永遠한 비밀秘密이 될 것입니다
비는 가장 큰 권위를 가지고 가장 좋은 기회를 줍니다

복종服從

남들은 자유自由를 사랑한다지마는 나는 복종服從을 좋아하야요

자유를 모르는 것은 아니지만 당신에게는 복종만 하고 싶어요

복종하고 싶은데 복종하는 것은 아름다운 자유보다도 달금합니다* 그것이 나의 행복幸福입니다

그러나 당신이 나더러 다른 사람을 복종하라면 그것만은 복종할 수가 없습니다

다른 사람을 복종하랴면 당신에게 복종할 수가 없는 까닭입니다

---

* 달금하다 : 부드럽고 달착지근하다.

참어 주서요

나는 당신을 이별하지 아니할 수가 없습니다 님이여
나의 이별을 참어 주서요
　당신은 고개를 넘어갈 때에 나를 돌아보지 마서요 나
의 몸은 한 적은 모래 속으로 들어가랴 합니다

　님이여 이별을 참을 수가 없거든 나의 죽엄을 참어
주서요
　나의 생명의 배는 부끄럼의 땀의 바다에서 스스로 폭
침爆沈하랴 합니다 님이여 님의 입김으로 그것을 불어
서 속히 잠기게 하야 주서요 그리고 그것을 웃어 주서요

　님이여 나의 죽엄을 참을 수가 없거든 나를 사랑하지
말어 주서요 그리하고 나로 하여금 당신을 사랑할 수
가 없도록 하야 주서요
　나의 몸은 터럭 하나도 빼지 아니한 채로 당신의 품
에 사러지것습니다
　님이여 당신과 내가 사랑의 속에서 하나가 되는 것을
참어 주서요 그리하여 당신은 나를 사랑하지 말고 나

로 하야금 당신을 사랑할 수가 없도록 하야 주서요 오
오 님이여

어느 것이 참이냐

엷은 사紗의 장막帳幕이 적은 바람에 휘둘려서 처녀處女의 꿈을 훔싸듯이 자최도 없는 당신의 사랑은 나의 청춘靑春을 휘감습니다

발딱거리는 어린 피는 고요하고 맑은 천국天國의 음악에 춤을 추고 헐떡이는 적은 영靈은 소리없이 떨어지는 천화天花의 그늘에 잠이 듭니다

가는 봄비가 드린 버들에 둘려서 푸른 연기가 되듯이 끝도 없는 당신의 정情실이 나의 잠을 얽습니다

바람을 따러가랴는 쩌른 꿈은 이불 안에서 몸부림치고 강 건너 사람을 부르는 바쁜 잠꼬대는 목 안에서 그네를 뜁니다

비낀 달빛이 이슬에 젖은 꽃수풀을 싸라기처럼 부시듯이 당신의 떠난 한恨은 드는 칼이 되어서 나의 애를 도막도막 끊어 놓았습니다

문 밖의 시냇물은 물결을 보태랴고 나의 눈물을 받으

면서 흐르지 않습니다
　봄 산의 미친 바람은 꽃 떨어뜨리는 힘을 더하랴고
나의 한숨을 기다리고 섰습니다

정천한해 情天恨海

가을하늘이 높다기로
정情하늘을 따를쏘냐
봄바다가 깊다기로
한恨바다만 못하리라

높고 높은 정하늘이
싫은 것은 아니지만
손이 낮어서
오르지 못하고
깊고 깊은 한바다가
병 될 것은 없지마는
다리가 쩔러서
건느지 못한다

손이 자래서* 오를 수만 있으면

---

* 자래서 : 손이 미쳐서, 손이 닿아서.

정하늘은 높을수록 아름답고,
다리가 길어서 건늘 수만 있으면
한바다는 깊을수록 묘하니라

만일 정하늘이 무너지고 한바다가 마른다면
차라리 정천情天에 떨어지고 한해恨海에 빠지리라
아아 정하늘이 높은 줄만 알았더니
님의 이마보다는 낮다
아아 한바다가 깊은 줄만 알았더니
님의 무릎보다는 얕다

손이야 낮든지 다리야 쩌르든지
정하늘에 오르고 한바다를 건너랴면
님에게만 안기리라

첫「키쓰」

마서요 제발 마서요

보면서 못 보는 체 마서요

마서요 제발 마서요

입설을 다물고 눈으로 말하지 마서요

마서요 제발 마서요

뜨거운 사랑에 웃으면서 차디찬 잔부끄럼에 울지 마
서요

마서요 제발 마서요

세계世界의 꽃을 혼자 따면서 항분亢奮에 넘쳐서 떨
지 마서요

마서요 제발 마서요

미소微笑는 나의 운명運命의 가슴에서 춤을 춥니다
새삼스럽게 스스러워* 마서요

---

* 스스로워 : 쑥쓰러워, 부끄러워.

선사禪師의 설법說法

나는 선사의 설법을 들었습니다
「너는 사랑의 쇠사슬에 묶여서 고통을 받지 말고 사
랑의 줄을 끊어라 그러면 너의 마음이 질거우리라」고
선사는 큰 소리로 말하얏습니다

그 선사는 어지간히 어리석습니다
사랑의 줄에 묶이운 것이 아프기는 아프지만 사랑의
줄을 끊으면 죽는 것보다도 더 아픈 줄을 모르는 말입
니다
사랑의 속박束縛은 단단히 얽어매는 것이 풀어 주는
것입니다
그러므로 대해탈大解脫은 속박에서 얻는 것입니다
님이여 나를 얽은 님의 사랑의 줄이 약할까버서 나의
님을 사랑하는 줄을 곱드렸습니다*

---

* 곱드리다 : 여러 겹으로 드리우다, 겹겹으로 꼬다.

그를 보내며

그는 간다 그가 가고 싶어서 가는 것도 아니요 내가
보내고 싶어서 보내는 것도 아니지만 그는 간다

그의 붉은 입설 흰 이 가는 눈썹이 어여쁜 줄만 알었
더니 구름 같은 뒷머리 실버들 같은 허리 구슬 같은 발
꿈치가 보다도* 아름답습니다

걸음이 걸음보다 멀어지더니 보이랴다 말고 말랴다
보인다

사람이 멀어질수록 마음은 가까워지고 마음이 가까
워질수록 사람은 멀어진다

보이는 듯한 것이 그의 흔드는 수건인가 하얏더니 갈
마기** 보다도 적은 조각구름이 난다

---

* 보다도 : 더욱.
** 갈마기 : 갈매기.

금강산金剛山

만 이천 봉萬二千峰! 무양無恙하냐* 금강산아
너는 너의 님이 어데서 무엇을 하는지 아너냐
너의 님은 너 때문에 가슴에서 타오르는 불꽃에 왼갖
종교 · 철학 · 명예 · 재산 그 외에도 있으면 있는대로
태워 버리는 줄을 너는 모를리라

너는 꽃에 붉은 것이 너냐
너는 잎에 푸른 것이 너냐
너는 단풍丹楓에 취한 것이 너냐
너는 백설白雪에 깨인 것이 너냐

나는 너의 침묵을 잘 안다
너는 철모르는 아해들에게 종작없는** 찬미를 받으면
서 시쁜*** 웃음을 참고 고요히 있는 줄을 나는 잘 안다

---

* 무양하냐 : 별탈이 없느냐.
** 종작없는 : 꾸밈이 없는, 가식이 없는.
*** 시쁜 : 부끄러운, 겸연쩍은.

그러나 너는 천당이나 지옥이나 하나만 가지고 있으
려무나
꿈 없는 잠처럼 깨끗하고 단순하란 말이다
나도 쩌른 갈궁이****로 강 건너의 꽃을 꺾는다고 큰
말하는 미친 사람은 아니다 그래서 침착하고 단순하라
고 한다
나는 너의 입김에 불려 오는 쪼각구름에 키쓰한다

만 이천 봉! 무양하냐 금강산아
너는 너의 님이 어디서 무엇을 하는지 모르지

****갈궁이 : '갈고리' 의 충청방언.

님의 얼골

님의 얼골을 「어여쁘다」고 하는 말은 적당한 말이 아닙니다

어여쁘다는 말은 인간人間* 사람의 얼골에 대한 말이요 님은 인간의 것이라고 할 수가 없을 만치 어여쁜 까닭입니다

자연自然은 어찌하야 그렇게 어여쁜 님을 인간으로 보냈는지 아무리 생각하야도 알 수가 없습니다

알것습니다 자연의 가온데에는 님의 짝이 될 만한 무엇이 없는 까닭입니다

님의 입설 같은 연꽃이 어데 있어요 님의 살빛 같은 백옥白玉이 어데 있어요

봄 호수에서 님의 눈결 같은 잔물결을 보았습니까 아츰 볕에서 님의 미소 같은 방향芳香을 들었습니까

---

* 인간 : 사람들이 사는 세상, 속세.

천국天國의 음악은 님의 노래의 반향反響입니다 아름
다운 별들은 님의 눈빛의 화현化現입니다

아아 나는 님의 그림자여요
님은 님의 그림자밖에는 비길 만한 것이 없습니다
님의 얼골을 어여쁘다고 하는 말은 적당한 말이 아닙
니다

심은 버들

뜰 앞에 버들을 심어
님의 말을 매랴더니
님은 가실 때에
버들을 꺾어 말 채찍을 하얏습니다

버들마다 채찍이 되야서
님을 따르는 나의 말도 채칠까 하얏더니
남은 가지 천만사千萬絲는
해마다 해마다 보낸 한恨을 잡어 맵니다

낙원樂園은 가시덤불에서

죽은 줄 알았던 매화나무 가지에 구슬 같은 꽃방울을 맺혀 주는 쇠잔한 눈 위에 가만히 오는 봄기운은 아름답기도 합니다

그러나 그밖에 다른 하늘에서 오는 알 수 없는 향기는 모든 꽃의 죽엄을 가지고 다니는 쇠잔한 눈이 주는 줄을 아십니까

구름은 가늘고 시냇물은 얕고 가을 산은 비었는데 파리한 바위 새이에 실컷 붉은 단풍은 곱기도 합니다

그러나 단풍은 노래도 부르고 울음도 웁니다 그러한 「자연의 인생」은 가을 바람의 꿈을 따러 사러지고 기억에만 남어 있는 지난 여름의 무르녹은 녹음綠陰이 주는 줄을 아십니까

일경초一莖草*가 장육금신丈六金身**이 되고 장육금

---

* 일경초 : 한 줄기 풀.
** 장육금신 : 부처의 몸체. 금신金身은 불신佛身이며, 일장육척一丈六尺이기에 부처를 장육금신이라 한다.

신이 일경초가 됩니다

　천지는 한 보금자리요 만유萬有***는 가튼****소조*****
小鳥입니다

　나는 자연의 거울에 인생을 비춰 보았습니다

　고통의 가시덤불 뒤에 환희의 낙원을 건설하기 위하
야 님을 떠난 나는 아아 행복입니다

*** 만유 : 모든 사물.

**** 가튼 : 같은, 평등한.

***** 소조 : 존재.

참말인가요

그것이 참말인가요 님이여 속임없이 말씀하야 주서요
당신을 나에게서 빼앗어 간 사람들이 당신을 보고「그대는 님이 없다」고 하얏다지요
그래서 당신은 남모르는 곳에서 울다가 남이 보면 울음을 웃음으로 변한다지요
사람의 우는 것은 견딜 수가 없는 것인데 울기조차 마음대로 못하고 웃음으로 변하는 것은 죽음의 맛보다도 더 쓴 것입니다
그러면 나는 그것을 변명하지 않고는 견딜 수가 없습니다
나의 생명의 꽃가지를 있는 대로 꺾어서 화환花環을 만들어 당신의 목에 걸고「이것이 님의 님이라」고 소리쳐 말하것습니다

그것이 참말인가요 님이여 속임없이 말씀하야 주서요
당신을 나에게서 빼앗어 간 사람들이 당신을 보고「그대의 님은 우리가 구하야 준다」고 하얏다지요

그래서 당신은 「독신생활獨身生活을 하겠다」고 하얏
다지요

그러면 나는 그들에게 분풀이를 하지 않고는 견딜 수
가 없습니다

많지 않은 나의 피를 더운 눈물에 섞어서 피에 목마
른 그들의 칼에 뿌리고 「이것이 님의 님이라」고 울음
섞어서 말하것습니다

꽃이 먼저 알어

옛집을 떠나서 다른 시골에 봄을 만났습니다
꿈은 이따금 봄바람을 따러서 아득한 옛터에 이릅니다
지팡이는 푸르고 푸른 풀빛에 묻혀서 그림자와 서로
따릅니다

길가에서 이름도 모르는 꽃을 보고서 행여 근심을 잊
을까 하고 앉었습니다
꽃송이에는 아침이슬이 아직 마르지 아니한가 하얏
더니 아아 나의 눈물이 떨어진 줄이야 꽃이 먼저 알었
습니다

찬송讚頌

님이여 당신은 백 번이나 단련鍛鍊한 금金결입니다
뽕나무 뿌리가 산호珊瑚가 되도록 천국의 사랑을 받
읍소서
님이여 사랑이여 아침볕의 첫 걸음이여

님이여 당신은 의義가 무겁고 황금黃金이 가벼운 것
을 잘 아십니다
거지의 거친 밭에 복福의 씨를 뿌리옵소서
님이여 사랑이여 옛 오동梧桐의 숨은 소리여

님이여 당신은 봄과 광명光明과 평화를 좋아하십니다
약자弱者의 가슴에 눈물을 뿌리는 자비慈悲의 보살菩
薩이 되옵소서
님이여 사랑이여 얼음바다에 봄바람이여

논개論介의 애인愛人이 되야서 그의 묘廟에

날*과 밤으로 흐르고 흐르는 남강南江은 가지 않습
니다

바람과 비에 우두커니 섰는 촉석루矗石樓는 살 같은
광음光陰을 따러서 달음질칩니다

논개여 나에게 울음과 웃음을 동시에 주는 사랑하는
논개여

그대는 조선朝鮮의 무덤 가온데 피었던 좋은 꽃의 하
나이다 그래서 그 향기는 썩지 않는다

나는 시인詩人으로 그대의 애인愛人이 되었노라

그대는 어디 있너뇨 죽지 안한 그대가 이 세상에는
없고나

나는 황금의 칼에 베어진 꽃과 같이 향기롭고 애처로
운 그대의 당년當年을 회상한다

술 향기에 목마친** 고요한 노래는 옥獄에 묻힌 썩은
칼을 울렸다

---

* 날 : 해[日], 즉 낮.

** 목마친 : 목이 메인, 목 메인, 북받치는.

춤추는 소매를 안고 도는 무서운 찬 바람은 귀신鬼神
나라의 꽃수풀을 거쳐서 떨어지는 해를 얼렸다

가냘핀 그대의 마음은 비록 침착하얏지만 떨리는 것
보다도 더욱 무서웠다

아름답고 무독無毒한 그대의 눈은 비록 웃었지만 우
는 것보다도 더욱 슬펐다

붉은 듯하다가 푸르고 푸른 듯하다가 희어지며 가늘
게 떨리는 그대의 입설은 웃음의 조운朝雲이냐 울음의
모우暮雨이냐 새벽달의 비밀이냐 이슬꽃의 상징이냐

빠비*** 같은 그대의 손에 꺾이지 못한 낙화대洛花臺
의 남은 꽃은 부끄럼에 취하야 얼골이 붉었다

옥 같은 그대의 발꿈치에 밟히운 강언덕의 묵은 이끼
는 교긍驕矜****에 넘쳐서 푸른 사롱紗籠으로 자기의
제명題名을 가리었다

아아 나는 그대도 없는 빈 무덤 같은 집을 그대의 집

*** 빠비 : 불교에서 말하는 금, 은, 유리, 파리(빠비), 거거, 진주, 마노 등 일
곱 가지 보물 중 한 가지.
**** 교긍 : 자랑스런 긍지.

이라고 부릅니다

만일 이름뿐이나마 그대의 집도 없으면 그대의 이름을 불러 볼 기회가 없는 까닭입니다

나는 꽃을 사랑합니다마는 그대의 집에 피어 있는 꽃을 꺾을 수는 없습니다

그대의 집에 피어 있는 꽃을 꺾으랴면 나의 창자가 먼저 꺾여지는 까닭입니다

나는 꽃을 사랑합니다마는 그대의 집에 꽃을 심을 수는 없습니다

그대의 집에 꽃을 심으랴면 나의 가슴에 가시가 먼저 심어지는 까닭입니다

용서容恕하여요 논개여 금석金石 같은 굳은 언약을 저버린 것은 그대가 아니요 나입니다

용서하여요 논개여 쓸쓸하고 호젓한 잠자리에 외로이 누워서 끼친 한恨에 울고 있는 것은 내가 아니요 그대입니다

나의 가슴에 「사랑」의 글자를 황금으로 새겨서 그대의 사당祠堂에 기념비를 세운들 그대에게 무슨 위로가

되오리까

　나의 노래에 「눈물」의 곡조를 낙인烙印으로 찍어서 그대의 사당에 제종祭鐘을 울린대도 나에게 무슨 속죄贖罪가 되오리까

　나는 다만 그대의 유언遺言대로 그대에게 다하지 못한 사랑을 영원히 다른 여자에게 주지 아니할 뿐입니다 그것은 그대의 얼골과 같이 잊을 수가 없는 맹세입니다

　용서하여요 논개여 그대가 용서하면 나의 죄는 신에게 참회를 아니한대도 사라지것습니다

　천추千秋에 죽지 않는 논개여

　하루도 살 수 없는 논개여

　그대를 사랑하는 나의 마음이 얼마나 질거우며 얼마나 슬프것는가

　나의 웃음이 제워서***** 눈물이 되고 눈물이 제워서 웃음이 됩니다

　용서하여요 사랑하는 오오 논개여

***** 제워서 : '겨워서'의 방언. 못이겨서, 흘러넘쳐서.

후회 後悔

당신이 기실 때에 알뜰한* 사랑을 못하얏습니다

사랑보다 믿음이 많고 질거움보다 조심이 더하얏습
니다

게다가 나의 성격이 냉담하고 더구나 가난에 쫓겨서
병들어 누운 당신에게 도로혀** 소활疏闊*** 하얏습니
다

그러므로 당신이 가신 뒤에 떠난 근심보다 뉘우치는
눈물이 많습니다

---

* 알뜰한 : 진정이 넘치는, 곡진한, 제대로 된.

** 도로혀 : 도리어.

*** 소활 : 소홀하여 틈이나 거리가 생김.

사랑하는 까닭

내가 당신을 사랑하는 것은 까닭이 없는 것이 아닙니다
다른 사람들은 나의 홍안紅顔만을 사랑하지마는 당신은 나의 백발白髮도 사랑하는 까닭입니다

내가 당신을 기루어하는* 것은 까닭이 없는 것이 아닙니다
다른 사람들은 나의 미소만을 사랑하지마는 당신은 나의 눈물도 사랑하는 까닭입니다

내가 당신을 기다리는 것은 까닭이 없는 것이 아닙니다
다른 사람들은 나의 건강健康만을 사랑하지마는 당신은 나의 죽음도 사랑하는 까닭입니다

---

* 기루어하는 : 그리워하는, 사랑하는. 여기서는 '사랑하는' 의 동어반복을 피하면서 의미확장과 심화를 하기 위한 표현.

당신의 편지

　당신의 편지가 왔다기에 꽃밭 매던 호미를 놓고 떼어 보았습니다
　그 편지는 글씨는 가늘고 글줄은 많으나 사연은 간단합니다
　만일 님이 쓰신 편지이면 글은 쩌를지라도 사연은 길 터인데

　당신의 편지가 왔다기에 바느질 그릇을 치워 놓고 떼어 보았습니다
　그 편지는 나에게 잘 있너냐고만 묻고 언제 오신다는 말은 조금도 없습니다
　만일 님이 쓰신 편지이면 나의 일은 묻지 않더래도 언제 오신다는 말을 먼저 썼을 터인데

　당신의 편지가 왔다기에 약을 달이다 말고 떼어 보았습니다
　그 편지는 당신의 주소는 다른 나라의 군함軍艦입니다

만일 님이 쓰신 편지이면 남의 군함에 있는 것이 사
실이라 할지라도 편지에는 군함에서 떠났다고 하얏을
터인데

거짓 이별

당신과 나와 이별한 때가 언제인지 아십니까

가령 우리가 좋을 대로 말하는 것과 같이 거짓 이별
이라 할지라도 나의 입설이 당신의 입설에 닿지 못하
는 것은 사실입니다

이 거짓 이별은 언제 우리에게서 떠날 것인가요

한 해 두 해 가는 것이 얼마 아니 된다고 할 수가 없
습니다

시들어 가는 두 볼의 도화桃花가 무정한 봄바람에 몇
번이나 슬쳐서 낙화가 될까요

회색灰色이 되어 가는 두 귀 밑의 푸른 구름이 쪼이
는 가을 볕에 얼마나 바래서 백설白雪이 될까요

머리는 희어 가도 마음은 붉어 갑니다

피는 식어 가도 눈물은 더워 갑니다

사랑의 언덕엔 사태가 나도 희망의 바다엔 물결이 뛰
놀아요

이른바 거짓 이별이 언제든지 우리에게서 떠날 줄만

은 알어요

　그러나 한 손으로 이별을 가지고 가는 날[日]은 또 한
손으로 죽음을 가지고 와요

꿈이라면

사랑의 속박束縛이 꿈이라면
출세의 해탈解脫도 꿈입니다
웃음과 눈물이 꿈이라면
무심無心의 광명光明도 꿈입니다
일체만법一切萬法이 꿈이라면
사랑의 꿈에서 불멸不滅을 얻것습니다

달을 보며

달은 밝고 당신이 하도 기루었습니다*
　자던 옷을 고쳐 입고 뜰에 나와 퍼지르고 앉어서 달
을 한참 보았습니다

　달은 차차차 당신의 얼골이 되더니 넓은 이마, 둥근
코, 아름다운 수염이 역력히 보입니다
　간 해에는 당신이 달로 보이더니 오늘 밤에는 달이
당신의 얼골이 됩니다

　당신의 얼골이 달이기에 나의 얼골도 달이 되얏습니다
　나의 얼골은 그믐달이 된 줄을 당신이 아십니까
　아아 당신의 얼골이 달이기에 나의 얼골도 달이 되얏
습니다

---

* 기루다 : 애절하게 그립다.

인과율因果律

당신은 옛 맹세盟誓를 깨치고 가십니다

당신의 맹세는 얼마나 참되얏습니까 그 맹세를 깨치고 가는 이별은 믿을 수가 없습니다

참 맹세를 깨치고 가는 이별은 옛 맹세로 돌아올 줄을 압니다 그것은 엄숙한 인과율因果律입니다

나는 당신과 떠날 때에 입맞춘 입설이 마르기 전에 당신이 돌아와서 다시 입맞추기를 기다립니다

그러나 당신의 가시는 것은 옛 맹세를 깨치려는 고의故意가 아닌 줄을 나는 압니다

비겨* 당신이 지금의 이별을 영원히 깨치지 않는다 하야도 당신의 최후의 접촉을 받은 나의 입설을 다른 남자의 입설에 대일 수는 없습니다

---

* 비겨 : 만약.

잠꼬대

「사랑이라는 것은 다 무엇이냐 진정한 사람에게는 눈물도 없고 웃음도 없는 것이다

사랑의 뒤움박*을 발길로 차서 깨뜨려 버리고 눈물과 웃음을 티끌 속에 합장合葬을 하여라

이지理智와 감정을 두드려 깨쳐서 가루를 만들어 버려라

그리고 허무의 절정에 올라가서 어지럽게 춤추고 미치게 노래하여라

그리고 애인과 악마를 똑같이 술을 먹여라

그리고 천치天痴가 되든지 미치광이가 되든지 산 송장이 되든지 하야 버려라

그래 너는 죽어도 사랑이라는 것은 버릴 수가 없단 말이냐

그렇거든 사랑의 꽁무니에 도롱태**를 달아라

---

* 뒤움박 : 뒤웅박. 제법 큰 바가지.
** 도롱태 : 나무로 간단히 만든 끌개 수레.

그래서 네멋대로 끌고 돌어다니다가 쉬고 싶으거든
쉬고 자고 싶으거든 자고 살고 싶으거든 살고 죽고 싶
으거든 죽어라

사랑의 발바닥에 말목을 쳐놓고 붙들고 서서 엉엉 우
는 것은 우스운 일이다

이 세상에는 이마빡에다 「님」이라고 새기고 다니는
사람은 하나도 없다

연애戀愛는 절대자유絶對自由요 정조貞操는 유동流動
이요 결혼식장은 임간林間이다」

나는 잠결에 큰 소리로 이렇게 부르짖었다

아아 혹성惑星같이 빛나는 님의 미소는 흑암黑闇의
광선光線에서 채 사라지지 아니하얏습니다

잠의 나라에서 몸부림치던 사랑의 눈물은 어느덧 베
개를 적셨습니다

용서하서요 님이여 아무리 잠이 지은 허물이라도 님
이 벌罰을 주신다면 그 벌을 잠을 주기는 싫습니다

계월향桂月香에게

　계월향이여 그대는 아리따웁고 무서운 최후의 미소를 거두지 아니한 채로 대지大地의 침대寢臺에 잠들었습니다
　나는 그대의 다정多情을 슬퍼하고 그대의 무정無情을 사랑합니다

　대동강大同江에 낚시질하는 사람은 그대의 노래를 듣고 모란봉牧丹峰에 밤놀이하는 사람은 그대의 얼골을 봅니다
　아이들은 그대의 산 이름을 외우고 시인은 그대의 죽은 그림자를 노래합니다

　사람은 반드시 다하지 못한 한恨을 끼치고 가게 되는 것이다
　그대는 남은 한이 있는가 없는가 있다면 그 한은 무엇인가
　그대는 하고 싶은 말을 하지 않습니다

그대의 붉은 한恨은 현란絢爛한 저녁놀이 되야서 하늘 길을 가로막고 황량한 떨어지는 날을 돌이키고자 합니다

그대의 푸른 근심은 드리고 드린 버들실이 되야서 꽃다운 무리를 뒤에 두고 운명運命의 길을 떠나는 저문 봄을 잡아매려 합니다

나는 황금黃金의 소반에 아침볕을 받치고 매화梅花가지에 새 봄을 걸어서 그대의 잠자는 곁에 가만히 놓아드리겠습니다

자 그러면 속하면 하룻밤 더디면 한겨울 사랑하는 계월향이여

만족滿足

세상에 만족이 있너냐 인생에게 만족이 있너냐
있다면 나에게도 있으리라

세상에 만족이 있기는 있지마는 사람의 앞에만 있다
거리距離는 사람의 팔 길이와 같고 속력速力은 사람
의 걸음과 비례比例가 된다
만족은 잡을래야 잡을 수도 없고 버릴래야 버릴 수도
없다

만족을 얻고 보면 얻은 것은 불만족이요 만족은 의연
依然히 앞에 있다
만족은 우자愚者나 성자聖者의 주관적主觀的 소유가
아니면 약자弱者의 기대뿐이다
만족은 언제든지 인생과 수적 평행竪的平行*이다

---

* 수적 평행 : 입체적 평행. 만족은 항상 우리의 머리나 마음속에 있다는 뜻이다.

나는 차라리 발꿈치를 돌려서 만족의 묵은 자최를 밟
을까 하노라

아아 나는 만족을 얻었노라
아지랑이 같은 꿈과 금金실 같은 환상幻想이 님 기신**
꽃동산에 둘릴 때에 아아 나는 만족을 얻었노라

** 기신 : '계신'의 방언표기.

반비례反比例

　당신의 소리는 「침묵沈黙」인가요
　당신이 노래를 부르지 아니하는 때에 당신의 노랫가
락은 역력히 들립니다 그려
　당신의 소리는 침묵이여요

　당신의 얼골은 「흑암黑闇」인가요
　내가 눈을 감은 때에 당신의 얼골은 분명히 보입니다
그려
　당신의 얼골은 흑암이여요

　당신의 그림자는 「광명光明」인가요
　당신의 그림자는 달이 넘어간 뒤에 어두운 창에 비칩
니다 그려
　당신의 그림자는 광명이여요

눈물

　내가 본 사람 가온데는 눈물을 진주眞珠라고 하는 사
람처럼 미친 사람은 없습니다
　그 사람은 피를 홍보석紅寶石이라고 하는 사람보다
도 더 미친 사람입니다
　그것은 연애에 실패하고 흑암黑闇의 기로岐路에서 헤
매는 늙은 처녀가 아니면 신경이 기형적畸形的으로 된
시인의 말입니다
　만일 눈물이 진주라면 나는 님이 신물信物로 주신 반
지를 내놓고는 세상의 진주라는 진주는 다 티끌 속에
묻어 버리것습니다

　나는 눈물로 장식한 옥패玉佩를 보지 못하얏습니다
　나는 평화平和의 잔치에 눈물의 술을 마시는 것을 보
지 못하얏습니다
　내가 본 사람 가운데는 눈물을 진주라고 하는 사람처
럼 어리석은 사람은 없습니다

아니여요 님의 주신 눈물은 진주 눈물이어요

나는 나의 그림자가 나의 몸을 떠날 때까지 님을 위하야 진주 눈물을 흘리것습니다

아아 나는 날마다 날마다 눈물의 선경仙境에서 한숨의 옥적玉笛을 듣습니다

나의 눈물은 백천百千 줄기라도 방울방울이 창조입니다

눈물의 구슬이여 한숨의 봄바람이여 사랑의 성전聖殿을 장엄莊嚴하는 무등등無等等*의 보물이여

아아 언제나 공간과 시간을 눈물로 채워서 사랑의 세계를 완성完成할까요

---

* 무등등 : 비교할 수 없이 귀한, 최고의.

어데라도

아츰에 일어나서 세수하랴고 대야에 물을 떠다 놓으면 당신은 대야 안의 가는 물결이 되야서 나의 얼골 그림자를 불쌍한 아기처럼 얼러 줍니다

근심을 잊을까 하고 꽃동산에 거닐 때에 당신은 꽃새이를 스쳐오는 봄바람이 되야서 시름없는 나의 마음에 꽃향기를 묻혀 주고 갑니다

당신을 기다리다 못하야 잠자리에 누웠더니 당신은 고요한 어둔 빛이 되야서 나의 잔부끄러움을 살뜰히도 덮어 줍니다

어데라도 눈에 보이는 데마다 당신이 계시기에 눈을 감고 구름 위와 바다 밑을 찾아보았습니다

당신은 미소가 되야서 나의 마음에 숨었다가 나의 감은 눈에 입맞추고 「네가 나를 보느냐」고 조롱嘲弄합니다

떠날 때의 님의 얼골

꽃은 떨어지는 향기가 아름답습니다
해는 지는 빛이 곱습니다
노래는 목마친* 가락이 묘합니다
님은 떠날 때의 얼골이 더욱 어여쁩니다

떠나신 뒤에 나와 환상의 눈에 비치는 님의 얼골은
눈물이 없는 눈으로는 바로 볼 수가 없을만치 어여쁠
것입니다
님의 떠날 때의 어여쁜 얼골을 나의 눈에 새기것습니다
님의 얼골은 나를 울리기에는 너머도 야속한 듯하지
마는 님을 사랑하기 위하야는 나의 마음을 질거웁게
할 수가 없습니다
만일 그 어여쁜 얼골이 영원히 나의 눈을 떠난다면
그때의 슬픔은 우는 것보다도 아프것습니다

---

* 목마친 : 목이 메인, 목울대가 떨려 흐느끼는.

최초最初의 님

맨 츰*에 만난 님과 님은 누구이며 어느 때인가요
맨 츰에 이별한 님과 님은 누구이며 어느 때인가요
맨 츰에 만난 님과 님이 맨 츰으로 이별하얏습니까
다른 님과 님이 맨 츰으로 이별하얏습니까

나는 맨 츰에 만난 님과 님이 맨 츰으로 이별한 줄로
압니다
만나고 이별이 없는 것은 님이 아니라 나입니다
이별하고 만나지 않는 것은 님이 아니라 길 가는 사
람입니다
우리들은 님에 대하야 만날 때에 이별을 염려하고 이
별할 때에 만남을 기약합니다
그것은 맨 츰에 만난 님과 님이 다시 이별한 유전성
遺傳性의 흔적입니다

---

*츰 : '처음'의 충청방언.

그러므로 만나지 않는 것도 님이 아니요 이별이 없는 것도 님이 아닙니다

님은 만날 때에 웃음을 주고 떠날 때에 눈물을 줍니다

만날 때의 웃음보다 떠날 때의 눈물이 좋고 떠날 때의 눈물보다 다시 만나는 웃음이 좋습니다

아아 님이여 우리의 다시 만나는 웃음은 어느 때에 있습니까

두견새

두견새는 실컷 운다
울다가 못 다 울면
피를 흘려 운다

이별한 한恨이야 너뿐이랴마는
울내야 울지도 못하는 나는
두견새 못 된 한을 또다시 어찌하리

야속한 두견새는
돌아갈 곳도 없는 나를 보고도
「불여귀 불여귀不如歸不如歸」*

---

*불여귀 불여귀 : '돌아갈 곳이 없다' 는 뜻으로 중국 촉나라 망제혼의 고사를
차용한 것임. 여기서는 두견새의 울음소리를 형상한 말.

나의 꿈

당신의 맑은 새벽에 나무 그늘 새이에서 산보할 때에 나의 꿈은 적은 별이 되야서 당신의 머리 위에 지키고 있것습니다

당신이 여름날에 더위를 못 이기어 낮잠을 자거든 나의 꿈은 맑은 바람이 되야서 당신의 주위周圍에 떠돌 것습니다

당신이 고요한 가을밤에 그윽히 앉어서 글을 볼 때에 나의 꿈은 귀따람이*가 되어서 책상 밑에서 「귀똘귀똘」 울것습니다

---

* 귀따람이 : 귀뚜라미.

우는 때

꽃 핀 아츰 달 밝은 저녁 비 오는 밤 그때가 가장 님 기루운* 때라고 남들은 말합니다
나도 같은** 고요한 때로는 그때에 많이 울었습니다

그러나 나는 여러 사람이 모혀서 말하고 노는 때에 더 울게 됩니다
님 있는 여러 사람들은 나를 위로하야 좋은 말을 합니다마는 나는 그들의 위로하는 말을 조소로 듣습니다
그때에는 울음을 삼켜서 눈물을 속으로 창자를 향하야 흘립니다

---

* 기루운 : 그리운, 애절하게 보고 싶은.
** 같은 : 그들처럼, 그와 같은, 그 경우처럼.

타고르의 시詩 'GARDENISTO'*를 읽고

벗이여 나의 벗이여 애인의 무덤 위에 피어 있는 꽃
처럼 나를 울리는 벗이여

적은 새의 자최도 없는 사막沙漠의 밤에 문득 만난
님처럼 나를 기쁘게 하는 벗이여

그대는 옛 무덤을 깨치고 하늘까지 사못치는 백골白
骨의 향기香氣입니다

그대는 화환花環을 만들려고 꽃을 줏다가 다른 가지
에 걸려서 주슨 꽃을 헤치고 부르는 절망絶望인 희망
希望의 노래입니다

벗이여 깨어진 사랑에 우는 벗이여

눈물이 능히 떨어진 꽃을 옛 가지에 도로 피게 할 수
는 없습니다

눈물을 떨어진 꽃에 뿌리지 말고 꽃나무 밑의 티끌에
뿌리서요

---

* GARDENISTO : 타골시집 『園丁(The Gardener)』의 에스페란토식 표기.

벗이여 나의 벗이여

죽음의 향기가 아모리 좋다 하야도 백골의 입설에 입
맞출 수는 없습니다

그의 무덤을 황금의 노래로 그물치지** 마서요 무덤
위에 피묻은 깃旗대를 세우서요

그러나 죽은 대지大地가 시인의 노래를 거쳐서 움직
이는 것을 봄바람은 말합니다

벗이여 부끄럽습니다 나는 그대의 노래를 들을 때에
어떻게*** 부끄럽고 떨리는지 모르것습니다

그것은 내가 님을 떠나서 홀로 그 노래를 듣는 까닭
입니다

** 그물치다 : 꾸미어 장식하다, 호화롭게 꾸며 보호하다.
*** 어떻게 : 얼마나 많이, 어찌나.

수繡의 비밀秘密

나는 당신의 옷을 다 지어놓았습니다
심의*도 짓고 도포도 짓고** 자리옷도 지었습니다
짓지 아니한 것은 적은 주머니에 수놓는 것뿐입니다

그 주머니는 나의 손때가 많이 묻었습니다
짓다가 놓아 두고 짓다가 놓아 두고 한 까닭입니다
다른 사람들은 나의 바느질 솜씨가 없는 줄로 알지마는 그러한 비밀은 나밖에는 아는 사람이 없습니다
나는 마음이 아프고 쓰린 때에 주머니에 수를 놓으랴면 나의 마음은 수놓은 금실을 따라서 바늘 구멍으로 들어가고 주머니 속에서 맑은 노래가 나와서 나의 마음이 됩니다
그리고 아직 이 세상에는 그 주머니에 넣을 만한 무슨 보물이 없습니다
이 적은 주머니는 짓기 싫어서 짓지 못하는 것이 아니라 짓고 싶어서 다 짓지 않는 것입니다

---

* 심의深衣 : 지난날, 고결한 선비들이 입던 흰 베로 만든 웃옷. 소매를 넓게 하고 검은 비단으로 가를 둘렀음.

** 짓고 : 고어에선 '짛다' 와 '짓다' 가 함께 사용되었다.

사랑의 불

산천초목山川草木에 붙는 불은 수인씨燧人氏*가 내셨습니다

청춘의 음악에 무도舞蹈하는 나의 가슴을 태우는 불은 가는 님이 내셨습니다

촉석루矗石樓를 안고 돌며 푸른 물결의 그윽한 품에 논개論介의 청춘을 잠재우는 남강南江의 흐르는 물아

모란봉牧丹峰의 키쓰를 받고 계월향桂月香의 무정無情을 저주咀呪하면서 능라도綾羅島를 감돌어 흐르는 실연자失戀者인 대동강大同江아

그대들의 권위權威로도 애태우는 불은 끄지 못할 줄을 번연히 아지마는 입버릇으로 불러 보았다

만일 그대네가 쓰리고 아픈 슬픔으로 졸이다가 폭발爆發되는 가슴 가운데의 불을 끌 수가 있다면 그대들이 님 기루운** 사람을 위하야 노래를 부를 때에 이따

---

* 수인씨 : 중국 전설상에 나오는 불의 신神.

** 기루운 : 애절하게 그리운, 꼭 필요한, 절실함.

금 이따금 목이 메어 소리를 이르지*** 못함은 무슨 까닭인가

　님들이 볼 수 없는 그대네의 가슴속에도 애태우는 불꽃이 거꾸로 타들어가는 것을 나는 본다

　오오 님의 정열의 눈물과 나의 감격의 눈물이 마주 닿아서 합류合流가 되는 때에 그 눈물의 첫 방울로 나의 가슴의 불을 끄고 그 다음 방울로 그대네의 가슴에 뿌려 주리라

*** 이르지 : '이루지[成]'의 오기.

「사랑」을 사랑하야요

당신의 얼골은 봄 하늘의 고요한 별이여요
그러나 찢어진 구름 사이로 돋어 오는 반달 같은 얼골이 없는 것이 아닙니다
만일 어여쁜 얼골만을 사랑한다면 왜 나의 벼갯모에 달을 수놓지 않고 별을 수놓아요

당신의 마음은 티 없는 숫옥玉*이여요 그러나 곱기도 밝기도 굳기도 보석 같은 마음이 없는 것이 아닙니다
만일 아름다운 마음만을 사랑한다면 왜 나의 반지를 보석으로 아니하고 옥으로 만들어요

당신의 시詩는 봄비에 새로 눈트는 금金결 같은 버들이여요
그러나 기름 같은 검은 바다에 피어오르는 백합꽃 같은 시가 없는 것이 아닙니다

---

* 숫옥 : 순정한 옥. 사람의 손길이 닿지 않은 정정무구함을 상징한 말.

만일 좋은 문장文章만을 사랑한다면 왜 내가 꽃을 노
래하지 않고 버들을 찬미讚美하여요

온 세상 사람이 나를 사랑하지 아니할 때에 당신만이
나를 사랑하얏습니다
　나는 당신을 사랑하야요 나는 당신의 「사랑」을 사랑
하야요

버리지 아니하면

나는 잠자리에 누워서 자다가 깨고 깨다가 잘 때에
외로운 등잔불은 각근恪勤한* 파수꾼派守軍처럼 왼밤
을 지킵니다
　당신이 나를 버리지 아니하면 나는 일생의 등잔불이
되야서 당신의 백 년을 지키것습니다

　나는 책상 앞에 앉아서 여러 가지 글을 볼 때에 내가
요구만 하면 글은** 좋은 이야기도 하고 맑은 노래도
부르고 엄숙한 교훈도 줍니다
　당신이 나를 버리지 아니하면 나는 복종服從의 백과
전서百科全書가 되야서 당신의 요구를 수응酬應하것습
니다

　나는 거울을 대하야 당신의 키쓰를 기다리는 입설을
볼 때에 속임 없는 거울은 내가 웃으면 거울도 웃고 내
가 찡그리면 거울도 찡그립니다
　당신이 나를 버리지 아니하면 나는 마음의 거울이 되
야서 속임없이 당신의 고락苦樂을 같이하것습니다

---

* 각근한 : 충실한, 정성스런.
** 글은 : 그른, 틀린, 그저 그런, 낡고 때묻은, 진부한.

당신 가신 때

당신이 가실 때에 나는 다른 시골에 병들어 누워서 이별의 키쓰도 못하얏습니다

그때는 가을 바람이 츰으로 나서 단풍이 한 가지에 두서너 잎이 붉었습니다

나는 영원永遠의 시간時間에서 당신 가신 때를 끊어내것습니다 그러면 시간은 두 도막이 납니다

시간의 한끝은 당신이 가지고 한끝은 내가 가졌다가 당신의 손과 나의 손과 마조잡을 때에 가만히 이어 놓것습니다

그러면 붓대를 잡고 남의 불행不幸한 일만을 쓰랴고 기다리는 사람들도 당신의 가신 때는 쓰지 못할 것입니다

나는 영원의 시간에서 당신 가신 때를 끊어내것습니다

요술妖術

가을 홍수洪水가 적은 시내의 쌓인 낙엽落葉을 휩쓸
어 가듯이 당신은 나의 환락歡樂의 마음을 빼앗어 갔
습니다 나에게 남은 마음은 고통苦痛뿐입니다
그러나 나는 당신을 원망할 수는 없습니다 당신이 가
기 전에는 나의 고통의 마음을 빼앗어 간 까닭입니다
만일 당신이 환락의 마음과 고통의 마음을 동시에 빼
앗아 간다 하면 나에게는 아모 마음도 없겠습니다

나는 하늘의 별이 되야서 구름의 면사面紗로 낮을 가
리고 숨어 있것습니다
나는 바다의 진주眞珠가 되얏다가 당신의 구쓰*의
단추가 되것습니다
당신이 만일 별과 진주를 따서 게다가 마음을 넣어서
다시 당신의 님을 만든다면 그때에는 환락의 마음을
넣어 주서요

＊구쓰 : 구두.

　부득이 고통의 마음도 넣어야 하것거든 당신의 고통
을 빼어다가 넣어 주서요
　그리고 마음을 빼앗어 가는 요술妖術은 나에게는 가
르쳐 주지 마서요
　그러면 지금의 이별이 사랑의 최후最後는 아닙니다

당신의 마음

나는 당신의 눈썹이 검고 귀가 갸름한 것도 보았습니다
그러나 당신의 마음을 보지 못하얏습니다
당신이 사과를 따서 나를 주랴고 크고 붉은 사과를
따로 쌀 때에 당신의 마음이 그 사과 속으로 들어가는
것을 분명히 보았습니다

나는 당신의 둥근 배와 잔나비 같은 허리와를 보았습
니다
그러나 당신의 마음을 보지 못하얏습니다
당신이 나의 사진과 어떤 여자의 사진을 같이 들고
볼 때에 당신의 마음이 두 사진의 새이에서 초록빛이
되는 것을 분명히 보았습니다

나는 당신의 발톱이 희고 발꿈치가 둥근 것도 보았습
니다
그러나 당신의 마음을 보지 못하얏습니다

당신이 떠나시랴고 나의 큰 보석 반지를 주머니에 넣
으실 때에 당신의 마음이 보석 반지 너머로 얼골을 가
리고 숨는 것을 분명히 보았습니다

여름밤이 길어요

당신이 기실 때에는 겨울밤이 쩌르더니 당신이 가신 뒤에는 여름밤이 길어요

책력의 내용이 그릇되얏나 하얏더니 개똥불이 흐르고 벌레가 웁니다

긴 밤은 어데서 오고 어데로 가는 줄을 분명히 알었습니다

긴 밤은 근심바다의 첫 물결에서 나와서 슬픈 음악音樂이 되고 아득한 사막沙漠이 되더니 필경 절망絶望의 성城 너머로 가서 악마의 웃음 속으로 들어갑니다

그러나 당신이 오시면 나는 사랑의 칼을 가지고 긴 밤을 베어서 일천一千 도막을 내것습니다

당신이 기실 때는 겨울밤이 쩌르더니 당신이 가신 뒤는 여름밤이 길어요

명상冥想

　아득한 명상의 적은 배는 가이없이 출렁거리는 달빛의 물결에 표류漂流되야 멀고 먼 별나라를 넘고 또 넘어서 이름도 모르는 나라에 이르렀습니다

　이 나라에는 어린 아기의 미소와 봄 아침과 바다 소리가 합하야 사람이 되얏습니다

　이 나라 사람은 옥새玉璽의 귀한 줄도 모르고 황금을 밟고 다니고 미인美人의 청춘을 사랑할 줄도 모릅니다

　이 나라 사람은 웃음을 좋아하고 푸른 하늘을 좋아합니다

　명상의 배를 이 나라의 궁전에 매였더니 이 나라 사람들은 나의 손을 잡고 같이 살자고 합니다

　그러나 나는 님이 오시면 그의 가슴에 천국天國을 꾸미랴고 돌어왔습니다

　달빛의 물결은 흰 구슬을 머리에 이고 춤추는 어린 풀의 장단을 맞추어 우쭐거립니다

칠석七夕

「차라리 님이 없이 스스로 님이 되고 살지언정 하늘
위의 직녀성織女星은 되지 않컸어요 네 네」 나는 언제
인지 님의 눈을 쳐다보며 조금 아양스런 소리로 이렇
게 말하얏습니다

이 말은 견우牽牛의 님을 그리우는 직녀織女가 일년
에 한 번씩 만나는 칠석을 어찌 기다리나 하는 동정同
情의 저주咀呪였습니다

이 말에는 나는 모란꽃에 취한 나비처럼 일생을 님의
키쓰에 바쁘게 지나것다는 교만한 맹세가 숨어 있습니다

아아 알 수 없는 것은 운명運命이요 지키기 어려운
것은 맹세盟誓입니다

나의 머리가 당신의 팔 위에 도리질을 한 지가 칠석
七夕을 열 번이나 지나고 또 몇 번을 지내었습니다

그러나 그들은 나를 용서하고 불쌍히 여길 뿐이요 무
슨 복수적復讐的 저주를 아니하얏습니다

　그들은 밤마다 밤마다 은하수를 새에 두고, 마주 건너다보며 이야기하고 놉니다

　그들은 해쭉해쭉 웃는 은하수의 강안江岸에서 물을 한줌씩 쥐어서 서로 던지고 다시 뉘우쳐 합니다

　그들은 물에다 발을 잠그고 반 비슥이* 누워서 서로 안 보는 체하고 무슨 노래를 부릅니다

　그들은 갈잎으로 배를 만들고 그 배에다 무슨 글을 써서 물에 띄우고 입김으로 불어서 서로 보냅니다 그리고 서로 글을 보고 이해하지 못하는 것처럼 잠자코 있습니다

　그들은 돌어갈 때에는 서로 보고 웃기만 하고 아무 말도 아니합니다

　지금은 칠월 칠석날 밤입니다

　그들은 난초蘭草 실로 주름을 접은 연蓮꽃의 웃옷을 입었습니다

---

* 비슥이 : 비스듬히.

그들은 한 구슬에 일곱 빛 나는 계수桂樹나무 열매의
노르개**를 찼습니다

키쓰의 술에 취할 것을 상상하는 그들의 뺨은 먼저
기쁨을 못 이기는 자기의 열정에 취하여 반이나 붉었
습니다

그들은 오작교烏鵲橋를 건너갈 때에 걸음을 멈추고
웃옷의 뒷자락을 검사檢査합니다

그들은 오작교를 건너서 서로 포옹抱擁하는 동안에
눈물과 웃음이 순서를 잃더니 다시금 공경하는 얼골을
보입니다

아아 알 수 없는 것은 운명이요 지키기 어려운 것은
맹세입니다

나는 그들의 사랑이 표현表現인 것을 보았습니다
진정한 사랑은 표현할 수가 없습니다

** 노르개 : 노리개.

그들은 나의 사랑을 볼 수는 없습니다

사랑의 신성神聖은 표현에 있지 않고 비밀秘密에 있
습니다

그들이 나를 하늘로 오라고 손짓을 한대도 나는 가지
않것습니다

지금은 칠월 칠석날 밤입니다

생生의 예술藝術

몰란결*에 쉬어지는 한숨은 봄바람이 되야서 야윈 얼골을 비치는 거울에 이슬꽃을 핍니다

나의 주위에는 화기和氣라고는 한숨의 봄바람밖에는 아모것도 없습니다

하염없이 흐르는 눈물은 수정水晶이 되야서 깨끗한 슬픔의 성경聖境을 비칩니다

나는 눈물의 수정이 아니면 이 세상에 보물寶物이라고는 하나도 없습니다

한숨의 봄바람과 눈물의 수정은 떠난 님을 기루어하는 정情의 추수秋收입니다

저리고 쓰린 슬픔은 힘이 되고 열熱이 되야서 어린 양羊과 같은 적은 목숨을 살어 움직이게 합니다

님이 주시는 한숨과 눈물은 아름다운 생의 예술입니다

---

*몰란결 : 모르는 결, 얼떨결, 무의식 중에.

꽃싸옴*

　당신은 두견화를 심으실 때에「꽃이 피거든 꽃싸옴 하자」고 나에게 말하얏습니다
　꽃은 피어서 시들어 가는데 당신은 옛 맹세를 잊으시고 아니 오십니까

　나는 한 손에 붉은 꽃수염을 가지고 한 손에 흰 꽃수염을 가지고 꽃싸옴을 하야서 이기는 것은 당신이라 하고 지는 것은 내가 됩니다
　그러나 정말로 당신을 만나서 꽃싸옴을 하게 되면 나는 붉은 꽃수염을 가지고 당신은 흰 꽃수염을 가지게 합니다
　그러면 당신은 나에게 번번이 지십니다
　그것은 내가 이기기를 좋아하는 것이 아니라 당신이 나에게 지기를 기뻐하는 까닭입니다

---

* 꽃사옴 : 꽃싸움, 꽃술을 서로 걸어 상대편 것을 먼저 끊는 사람이 이기는 내기 놀이.

번번이 이긴 나는 당신에게 우승의 상을 달라고 조르
것습니다

그러면 당신은 빙긋이 웃으며 나의 뺨에 입맞추것습
니다

꽃은 피어서 시들어 가는데 당신은 옛 맹세를 잊으시
고 아니 오십니까

거문고 탈 때

달 아래에서 거문고를 타기는 근심을 잊을까 함이러니 츰 곡조가 끝나기 전에 눈물이 앞을 가려서 밤은 바다가 되고 거문고 줄은 무지개가 됩니다

거문고 소리가 높었다가 가늘고 가늘다가 높을 때에 당신은 거문고 줄에서 그네를 뜁니다

마즈막 소리가 바람을 따라서 느투나무* 그늘로 사러질 때에 당신은 나를 힘없이 보면서 아득한 눈을 감습니다

아아 당신은 사러지는 거문고 소리를 따라서 아득한 눈을 감습니다

---

*느투나무 : 느티나무.

오서요

오서요 당신은 오실 때가 되었어요 어서 오서요
　당신은 당신의 오실 때가 언제인지 아십니까 당신의
오실 때는 나의 기다리는 때입니다

　당신은 나의 꽃밭에로 오서요 나의 꽃밭에는 꽃들이
피어 있습니다
　만일 당신을 쫓어오는 사람이 있으면 당신은 꽃속으
로 들어가서 숨으십시오
　나는 나비가 되야서 당신 숨은 꽃 위에 가서 앉것습
니다
　그러면 쫓어오는 사람이 당신을 찾을 수는 없습니다
　오서요 당신은 오실 때가 되었습니다 어서 오서요

　당신은 나의 품으로 오서요 나의 품에는 보드라운 가
슴이 있습니다
　만일 당신을 쫓어오는 사람이 있으면 당신은 머리를
숙여서 나의 가슴에 대입시오*

---

*대입시오 : 대다, 대십시오.

나의 가슴은 당신이 만질 때에는 물같이 보드러웁지
만 당신의 위험을 위하야는 황금의 칼도 되고 강철의
방패도 됩니다
　나의 가슴은 말굽에 밟힌 낙화落花가 될지언정 당신
의 머리가 나의 가슴에서 떨어질 수는 없습니다
　그러면 쫓어오는 사람이 당신에게 손을 대일 수는 없
습니다
　오서요 당신은 오실 때가 되었습니다 어서 오서요

　당신은 나의 죽엄 속으로 오서요 죽엄은 당신을 위하
여의 준비가 언제든지 되야 있습니다
　만일 당신을 쫓어오는 사람이 있으면 당신은 나의 죽
엄의 뒤에 서십시오
　죽엄은 허무와 만능萬能이 하나입니다
　죽엄의 사랑은 무한인 동시에 무궁無窮입니다
　죽엄의 앞에는 군함軍艦과 포대砲臺가 티끌이 됩니다
　죽엄의 앞에는 강자와 약자가 벗이 됩니다
　그러면 쫓어오는 사람이 당신을 잡을 수는 없습니다
　오서요 당신은 오실 때가 되었습니다 어서 오서요

쾌락快樂

님이여 당신은 나를 당신 기신 때처럼 잘 있는 줄로
아십니까
　그러면 당신은 나를 아신다고 할 수가 없습니다

　당신이 나를 두고 멀리 가신 뒤로는 나는 기쁨이라고
는 달도 없는 가을 하늘에 외기러기의 발자최만치도
없습니다

　거울을 볼 때에 절로 오던 웃음도 오지 않습니다
　꽃나무를 심으고 물 주고 북돋우던 일도 아니합니다
　고요한 달 그림자가 소리없이 걸어와서 엷은 창에 소
군거리는 소리도 듣기 싫습니다
　가물고 더운 여름 하늘에 소낙비가 지나간 뒤에 산
모롱이의 적은 숲에서 나는 서늘한 맛도 달지 않습니다
　동무도 없고 노르개도 없습니다

　나는 당신이 가신 뒤에 이 세상에서 얻기 어려운 쾌
락이 있습니다
　그것은 다른 것이 아니라 이따금 실컷 우는 것입니다

고대 苦待

당신은 나로 하야금 날마다 날마다 당신을 기다리게
합니다

해가 저물어 산 그림자가 촌집*을 덮을 때에 나는 기
약 없는 기대를 가지고 마을 숲 밖에 가서 기다리고 있
습니다

소를 몰고 오는 아이들의 풀잎피리는 제 소리에 목마
칩니다

먼 나무로 돌어가는 새들은 저녁 연기에 헤엄칩니다

숲들은 바람과의 유희遊戲를 그치고 잠잠히 섰습니
다 그것은 나에게 동정하는 표상表象입니다

시내를 따라 구비친 모랫길이 어둠의 품에 안겨서 잠
들 때에 나는 고요하고 아득한 하늘에 긴 한숨의 사러
진 자취를 남기고 게으른 걸음으로 돌아옵니다

당신은 나로 하여금 날마다 날마다 당신을 기다리게
합니다

---

* 촌집 : 시골의 초가집, 고향집.

어둠의 입이 황혼黃昏의 엷은 빛을 삼킬 때에 나는 시름없이 문 밖에 서서 당신을 기다립니다

다시 오는 별들은 고운 눈으로 반가운 표정을 빛내면서 머리를 조아 다투어 인사합니다

풀 새이의 벌레들은 이상한 노래로 백주白晝의 모든 생명의 전쟁을 쉬게 하는 평화의 밤을 공양供養합니다

네모진 적은 못의 연잎 위에 발자최 소리를 내는 실없는 바람이 나를 조롱할 때에 나는 아득한 생각이 날카로운 원망怨望으로 화化합니다

당신은 나로 하야금 날마다 날마다 당신을 기다리게 합니다

일정한 보조步調로 걸어가는 사정私情 없는 시간이 모든 희망을 채찍질하야 밤과 함께 몰어갈 때에 나는 쓸쓸한 잠자리에 누워서 당신을 기다립니다

가슴 가온데의 저기압은 인생의 해안에 폭풍우暴風雨를 지어서, 삼천세계三千世界는 유실流失 되얏습니다

벗을 잃고 견디지 못하는 가엾은 잔나비는 정情의 삼

림森林에서 저의 숨에 질식窒息되얏습니다

　우주와 인생의 근본문제를 해결하는 대철학大哲學은
눈물의 삼매三昧에 입정入定**되얏습니다

　나의 「기다림」은 나를 찾다가 못 찾고 저의 자신自身
까지 잃어버렸습니다

** 입정 : 선정禪定에 듦.

사랑의 끝판

네 네 가요 지금 곧 가요

에그 등불을 켜랴다가 초를 거꾸로 꽂았습니다 그려*

저를 어쩌나 저 사람들이 숭보것네**

님이여 나는 이렇게 바쁩니다 님은 나를 게으르다고 꾸짖습니다 에그 저것 좀 보아「바쁜 것이 게으른 것이다」하시네

내가 님의 꾸지람을 듣기로 무엇이 싫것습니까 다만 님의 거문고 줄이 완급緩急을 잃을까 저퍼합니다***

님이여 하늘도 없는 바다를 거쳐서 느릅나무 그늘을 지워버리는 것은 달빛이 아니라 새는 빛입니다

홰를 탄 닭은 날개를 움직입니다

마구에 매인 말은 굽을 칩니다

네 네 가요 이제 곧 가요

---

* 그려 : 『님의 침묵』에 자주 보이는 만해 특유의 시적 종지법.
** 숭보것네 : '흉보겠네' 의 충청방언.
*** 저퍼합니다 : 저어하다, 두려워합니다.

독자讀者에게

　독자여 나는 시인으로 여러분의 앞에 보이는 것을 부끄러합니다

　여러분이 나의 시를 읽을 때에 나를 슬퍼하고 스스로 슬퍼할 줄을 압니다

　나는 나의 시를 독자의 자손에게까지 읽히고 싶은 마음은 없습니다

　그때에는 나의 시를 읽는 것이 늦은 봄의 꽃숲풀에 앉어서 마른 국화菊花를 비벼서 코에 대히는 것과 같을는지 모르것습니다

　밤은 얼마나 되얏는지 모르것습니다
　설악산雪嶽山의 무거운 그림자는 엷어 갑니다
　새벽종을 기다리면서 붓을 던집니다

— 을축乙丑* 8월 29일 밤 끝 —

---

* 을축 : 서기 1925년.

만 해 연 보

1879년 8월 29일 충남 홍성군 결성면 성곡리에서 한응준과 온양 방
　　　　씨 사이에서 2남으로 출생.

1884년 향리에서 한문 수학.

1892년 전정숙과 결혼. 1904년 아들 보국 출생.

1896년 설악산 제1차 출가. 이후 세계일주를 기도했으나 블라디보스
　　　　토크에서 좌절, 귀향, 방랑 생활.

1905년 백담사 정식 출가, 수계(법명 봉완奉玩).

1907년 만화萬化선사로부터 전법(법호 만해萬海, 법명 용운龍雲).

1908년 일본으로 수학 겸 만행. 조동종曹洞宗대학 청강.
　　　　천도교 최란과 만남.

1910년 한일합방 소식을 듣고 독립운동 및 교민들의 생활을 돌아보기
　　　　위해 만주 유랑. 백담사에서 불교개혁론을 주창한『조선불교
　　　　유신론朝鮮佛敎維新論』저술.

1913년 불교근대화운동 선구『불교대전佛敎大典』편술.

1918년 서울 생활. 불교계몽지『유심惟心』창간.

1919년 3월 1일 기미독립운동 주동, 공약삼장 추가. 체포되어 감옥생
　　　　활. 이후 수차례 더 투옥. 옥중에서 자유와 평등, 민족과 민중,
　　　　통일과 진보, 생명과 평화사상을 골자로 하는「조선독립朝鮮
　　　　獨立의 서書」집필.

1921년 12월 석방, 민족 · 민중해방운동 전개.

1924년 조선불교청년회 총재 취임.

1925년 백담사에서 시집『님의 침묵』창작(1926년 서울 회동서관에
　　　　서 출간)

1927년 좌 · 우 합작 민족운동단체인 ‘신간회’ 결성에 참여.
　　　　경성지회장 등 간부 역임.

1930년 항일비밀독립운동단체 ‘만당卍黨’ 당수.

1933년 유숙원과 재혼. 서울 성북동 심우장에서 궁핍한 생활.

1935년 조선일보에 소설『흑풍』연재. 이후 소설 창작. 원고료로 생활.

1939년   서울 청량사에서 회갑연. 경남 사천 다솔사 등에서 독립운동 계속.
         〈조선일보〉에 삼국지를 번역 · 연재하다가 〈조선일보〉폐간
         (1940. 8) 때 중단.
1944년   6월 29일 서울 심우장에서 세수 65세로 입적.
1945년   8월 15일 해방.
1948년   『한용운전집』 간행위원회 결성.
1962년   대한민국 건국 공로 훈장 수장.
1973년   『한용운전집』 전6권(신구문화사) 간행.
1974년   만해문학상(창작과 비평사) 제정.
1980년   만해사상연구회 결성.
         『만해사상연구』1,2,3호 간행(김관호 · 전보삼 외).
1991년   만해학회(한계전 회장) 결성. 『만해학보』 창간.
1995년   홍성 제1회 만해제 거행. 생가 및 만해사(사당) 건립.
1996년   조오현 스님 원력으로 설악산 백담사에서 사단법인 만해사상
         실천선양회 결성(총재 대한불교 조계종 총무원장).
         백담사에서 제1회 만해시인학교 개최(주관 계간 시와시학사).
1997년   제1회 만해대상 시상/평화상 '유엔 평화의 날' 제정자 조영식
         경희학원장, 실천상 '카톨릭농민회', 학술상 이기영 동국대
         교수, 예술상 이반 화백, 포교상 숭산 화계사 조실스님.
1998년   제2회 만해대상 시상/평화상 김순권 경북대 석좌교수, 시문학
         상 고은 시인, 포교상 수원 신흥사 성일스님.
1999년   제1회 만해축전 시작(백담사).
         제3회 만해대상 시상/평화상 윤정옥 한국정신대문제대책협의
         회장, 학술상 조동일 서울대 교수, 시문학상 정완영 시인, 포
         교상 사단법인 '우리는 선우' (대표 박광서 · 남지심).
2000년   제2회 만해축전(백담사) 개최.
         제4회 만해대상 시상/평화상 스티브린튼 유진벨재단이사장,
         학술상 신용하 서울대 교수, 실천상 리영희 한양대 교수, 시문
         학상 오세영 시인, 예술상 신응수 중요무형문화재 74호 대목
         장, 포교상 사단법인 '좋은 벗들' (대표 범륜스님).

2001년 제3회 만해축전(백담사) 개최.
      제5회 만해대상 시상/평화부문 고故 정주영 현대그룹 회장,
      실천부문 백낙청 서울대 교수, 학술부문 정영호 한국교원대
      명예교수, 시문학부문 이형기 시인, 포교부문 정우스님.
2002년 제4회 만해축전(백담사) 개최.
      제6회 만해대상 시상/평화부문 강원룡 목사, 학술부문 강만길
      고려대 명예교수, 문학부문 신경림 시인, 예술부문 박찬수 중
      요무형문화재목조각장 · 목아 박물관장.
      『유심』 신인문학상 · 작품상 제정.
2003년 백담사 입구에 '백담사 만해마을' 개당(만해사 · 만해문학박
      물관 · 문인의 집 · 만해학교 · 심우장 건립).
      제5회 만해축전(백담사 만해마을) 개최.
      제7회 만해대상 시상/평화부문 김대중 전대통령, 학술부문
      김윤식 서울대 명예교수, 문학부문 조정래 작가, 예술부문 이
      애주 무용가.
2004년 제6회 만해축전 개최.
      제8회 만해대상 시상/평화부문 만델라 전 남아공대통령, 실천
      부문 신법타 조국평화통일불교협회 회장 스님, 문학부문 황석
      영 작가, 학술부문 데빗 맥켄 하버드대 교수, 예술부문 임권택
      감독.
2005년 광복60주년기념 제7회 만해축전 및 세계평화시인대회(신라
      호텔, 백담사 만해마을, 금강산) 개최.
      제9회 만해대상 시상/평화부문 달라이라마 스님, 문학부문 쇼
      잉카 시인, 실천부문 '천주교정의구현사제단', 학술부문 이지
      관 스님. 만해학술원 · 만해청소년수련원 개원 및 학술지 『만
      해학연구』 창간.
2006년 제10회 만해대상 시상/평화부문 김지하 시인, 포교부문 남바
      린 엥흐바야르 몽골공화국 대통령, 문학부문 로버트 핀스키
      미국 계관시인 · 황동규 시인, 실천부문 박원순 변호사, 학술
      부문 권영민 서울대 교수.

만해의 문학세계와 문학사상

김재홍

(경희대 교수 · 만해학술원장)

조선조 중엽 평생을 산림에 묻혀 살면서 나라의 청의淸意를 일으키고 언로를 바로 열고자 진력했던 남명 조식曹植은 "천석들이 종을 봐라! 거대한 방망이가 아니고는 때려도 소리가 나지 않는다"라는 유명한 시구를 남긴 적이 있다. 이 천석종의 비유는 만해를 생각할 때 떠오르는 모습이라고 할 수 있다. 혁혁한 독립투사이고 높은 경지의 개혁승이고 불후의 명작「님의 침묵」의 시인으로서 만해는 근세사 초유의 입체적 성격을 지닌 천석종으로 여겨지기 때문이다. 만해는 작게 치면 작은 대로 향그러운 소리가 나지만, 크게 치면 칠수록 삼천대천세계 큰 범종소리로 우리의 심혼을 우렁차게 일깨우는 민족의 종, 역사의 종, 자유의 종, 평화의 종으로서 상징적인 의미를 지닌다는 말이다.

만해문학의 특징은 바로 불교사상과 독립사상이 탁월하게 예술적으로 결합된 데서 드러난다. 자유와 평등사상, 민족사상과 민중사상으로 요약되는 만해의 불교적 세계인식과 독립사상은 만해문학의 뼈대이자 피와 살이라고 할 수 있기 때문이다. 만해문학은 불교사상과 독립사상, 문학사상이 일체원융으로서 삼위일체를 이룬다는 점에서 그러하다.

1925년 설악산 백담사에서 창작하고 1926년 서울 회동서관에서 간행된 시집 『님의 침묵』의 전체 내용은 이별하는 데서 시작되어 만남으로 끝나는 극적 구조성을 지닌 한 편의 연작시로 볼 수 있다. 곧 시집 『님의 침묵』은 시 전편이 '이별－갈등－희망－만남'이라는 구조의 끈으로 연결되어 있는 것이다. 다시 말하면 '소멸正－갈등反－생성合'이라는 변증법적 지양을 목표로 하는 극복과 생성의 시편들이라 할 수 있다. 이 점에서 만해의 시편들은 단순한 이별의 시가 아니라 만남의 시이고, 절망의 시가 아니라 희망의 시라고 할 수 있다. 따라서 시집 『님의 침묵』은 표면적으로는 사랑을 노래한 연애시이고, 내면적으로는 빼앗긴 조국을 되찾고자 하는 광복의 시이자 저항시로서 성격을 지닌다고 하겠다.

이별은 만해 시 전체의 대전제로서 생성에 이르는 방법적인 원리이며 사랑을 완성하는 자율적인 법칙으로 작용한다. 님을 이별한 시대, 일제강점기는 바로 침묵의 시대, 상실의 시대인 것이며 그러기에 언젠가 맞이하게 되는 만남의 시간은 바로 참된 낙원 회복의 시대, 광복의 시대가 되는 것이다. 이 점에서 만해의 시는 기다림의 시 또는 희망의 시라고 이름할 수 있다.

만해 시는 도처에 부정적 세계관이 깔려 있다. 즉 '못한다/ 아니한다/ 없다/ 말라' 등의 부정적 종지법이 상당수에 달한다. 이와 같은 부정적 사유와 비극적 세계인식은 만해가 당대사회를 상실의 시대, 모순의 시대로 파악하는 데서 비롯된다. 만해는 일제의 강점에 의한 식민지 지배가 근본적으로 모순된 것이며, 이에 대한 타파와 극복만 이 정상적인 질서를 회복하는 것으로 파악한 것이다. 만해의 일관된 일제에의 저항과 투쟁정신은 그대로 시를 통한 부정적 세계관으로 상징화된 까닭이다. 이별이 더 큰 만남을 성취하기 위한 방법적 원리였던 것과 같이 부정은 참다운 긍정을 이룩하기 위해 필수불가결한 전제조건이었던 것이다. 바로 이 점에서 무와 존재의 변증법이라는 존재론의 시로서의 성격뿐만 아니라 일제강점을 비판하고 그에 저항한 저항시로서의 만해 시의 참된 면모가 드러나는 것이다.

또한 『님의 침묵』의 특징은 신성과 세속의 갈등이 적나라하게 드러난다는 점을 들 수 있다. 『님의 침묵』의 전편을 통독하면 일견 많은 시편들이 대중가요와 같은 느낌을 받게 되는 것이 사실이다. "나의 노래는 세속의 노래 곡조와는 조금도 맞지 않습니다"라는 구절에서처럼 끊임없이 신성지향을 갈망하면서도 본능적이며 인간적인 정감이 시의 밑바탕에 깔려 있으며 또 그것이 직설적으로 드러나기 때문이다.

또한 『님의 침묵』에는 숱한 충청도 방언과 토속어가 세련되지 않은 표현으로 자연스럽게 사용되는 것도 특징이다. 이러한 향토적 정감의 방언 및 토속어 애용, 서민적인 시어의 활용은 만해 한용운 『님의 침묵』의 민중정신을 잘 반영하는 것으로 보인다. 대중적인 정감의 진솔성이 불러일으키는 인간적 설득력과 함께 세속적인 사랑을 표출하면서도 세속사의 진부함에 떨어지지 않으며, 목소리 높여 민중정신을 강조하지도 않는, 바로 이 지점에서 참된 민중시로서 만해 시의 진가가 드러나는 것이다.

　여기에서 관심을 기울여야 할 것은 『님의 침묵』에서 사랑을 호소하는 주체가 여성으로 나타나 있으며 시적 분위기 또한 여성적인 정감으로 가득 차 있다는 점이다. 여성 주체가 활용됨은 물론 여성운과 여성적 상관물들이 등장하여 여성적 한과 매저키즘적 성향이 주조를 이루는 것이다. 이러한 여성주의는 불교의 관음사상 또는 인도의 여성사상에 기인한다고도 볼 수 있지만, 그보다는 한국 시가의 전통에서 연원하는 것으로 보는 것이 옳을 듯하다. 왜냐하면 향가, 고려가요는 물론 많은 시조, 한시, 가사, 민요 등의 저변을 이루는 것이 여성적인 분위기와 주체, 그리고 이와 상통하는 한과 눈물의 애상적 정서로 되어 있다는 점에서 그 근거를 찾을 수 있기 때문이다. 송강이 왕권으로부터의 소외를 극복하기 위해 여성주의의 「사미인곡」을 쓴 것처럼, 만해도 님이 침묵하는 시대에 잃어버린 조국과 민족에 대한 회복의 소망을 역설화한 여성주의적 방법으로 형상화한 것이다. 이렇게 볼 때 만해 시의 여성주의는 정감적인 호소력을 유발하기 위한 표면적 기법일 뿐 그 내면에는 저항과 극복정신이 잠재해 있음을 알 수 있다. 여성주의적인 부드러움과 애한의 정조는 실상 현실의 어려움을 극복하기 위한 표층적 응전 방식일 뿐 내면에 흐르는 선비정신으로서의 저항정신 및 극복정신과 조화되어 한국 문학의 총체적 구조를 형성하는 것이다.

바로 이 점에서 만해 시가 절망을 이기는 극복시로서 그 전통적인 면모가 선명히 드러난다.

아울러 만해 시는 은유와 역설 등 시의 방법과 산문적인 개방을 지향한 자유시로서의 형태를 완성시킴으로써 현대시적 특징을 확보하게 된다. 이 점에서 만해의 시는 타고르 등 외래시의 영향을 지적할 수 있겠으나 그보다는 전통시에서 그 정신과 방법상의 맥락을 계승하고 있다. 실상 만해 시는 신문학사 초기의 각종 문예사조의 범람 등 서구지향의 홍수 속에서 전통적인 시정신의 심화와 확대를 통해서 전통정신의 현대적 계승을 성취한 것이다. 만해 시의 탁월한 은유와 역설 역시 서구 현대시에서 영향을 받은 것이 아니라 불경이나 한시 등 전통시에서 연원한 것이 확실하다는 점에서 만해 시는 민족 주체성을 시적으로 형상화한 민족시로서의 성격을 지닌다.

한편 전체적인 면에서 만해의 사상은 첫째, 생명사랑의 정신으로부터 출발한다. "해 저문 벌판에서 돌어가는 길을 잃고 헤매는 어린 양이 기루어서(불쌍해서) 이 시를 쓴다"라는 시집 『님의 침묵』의 「군말」에서 확인할 수 있듯이 만해사상의 근저에는 생명에 대한 가없는 사랑으로서 생명사상이 자리잡고 있음을 볼 수 있다.

둘째, 만해의 사상은 자유사상과 평등사상이라는 인류사적 대의를 근본정신으로 하고 있음을 본다. 시집 전체에서 '나와 너'가 바로 하나이고 하나일 수밖에 없다는 사유전개방식이 그러하다. 불교에서 말하는 '나는 너'라고 하는 자타불이自他不二사상은 바로 이처럼 모든 사람은 자유롭게 태어났으며 평등하게 살아간다는 자유사상, 평등사상을 바탕으로 전개되는 모습이라고 하겠다.

셋째, 만해사상은 민족사상과 민중사상이라는 민족사적 특수성에 기반을 두고 있는 것으로 해석된다. 종교나 사상에는 국적이 없는 것이 원칙이지만, 종교인에겐 국적이 있고 그가 나고 자란 고향이 있기 마련이다. 이것이 바로 나라사랑으로서 민족사상·조국사상이며, 그 민족의 구성원이 생산주체인 민중을 바탕으로 전개된다는 점에서 민족사상은 민중사상을 얼개로 하여 전개되는 것이 특징이다.

넷째로는 진보사상과 통일사상을 들 수 있다. 만해가 『조선불교유신론』을 쓴 것이나 「조선독립의 서」를 써서 불교의 근대화운동, 사회의 민주화운동을 전개한 것도 바로 이러한 진보사상과 통일사상의 구현을 향한 노력의 일환임은 물론이다.

다섯째로는 평화사상과 사랑의 철학을 들 수 있다. 조선독립과 평화가 바로 동아시아의 평화의 관건이고 세계평화의 기초가 됨을 역설한 것이나, 시집 『님의 침묵』 전체가 사랑의 드라로 짜여진 것도 바로 이러한 만해의 평화사상과 사랑의 철학을 반영한 것임은 물론이다.

이처럼 만해의 문학은 우리 민족과 인류에게 험난한 역사를 살아가는 예지와 용기를 가르쳐 주며, 현실적인 생의 어려움을 극복할 수 있는 신념과 희망을 불러일으켜 준다는 점에서 참된 의미를 갖는다. 또한 그의 문학이 한국문학에 있어 가장 부족한 요소인 종교적 명상의 진지함과 형이상학적 깊이를 추구하고 있다는 점도 간과할 수 없다. 역사와 현실상황에 치열하게 대응하면서도 자기 마음 안으로 물러나 정관하고 투시하는 구도자적 삶 속에서 만해와 그의 시가 견지한 미적 거리와 형이상적 주제의 진지함은 한국 문학의 원숙을 위해 참으로 값진 교훈이었다고 하겠다.

일관성 있는 행동에 따른 실천의지와 저항정신을 깊이 있는 불교사상·독립사상·문학사상으로 이끌어 올리면서 끊임없이 변모하고 스스로 뛰어넘은 만해의 예술혼은 우리가 되살려야 할 소중한 정신사적 에너지가 될 수 있는 것으로 판단된다. 만해의 시정신과 미학은 어려운 시대일수록 풍란화 매운 향내로서 더욱 그 빛과 향기를 더해갈 것이 확실하다.

■ 편집자 주

시집『님의 침묵』초판은 만해 생존시인 1926년 서울 회동서관에서 출간됐지만, 1934년 한성도서(주)에서 재래식 표기대로 발행되었다. 만해 사후인 1950년 한성도서에서 다시 맞춤법 통일안에 의거, 재판이 발행되었으나 편집자가 임의로 오늘날의 표기로 바꾸어 버렸기에 오류가 많다. 이러한 오류가 답습되어 오늘날 시중 유통본에서 잘못된 내용이 다수 발견된다. 이에 만해 전문 연구가인 김재홍 교수(경희대)의 작업으로 정본 성격을 지닌『님의 침묵』확정판을 발간한다.

님의 침묵

만해 한용운 확정판 시집

지은이 | 한용운
펴낸이 | 설보혜
펴낸곳 | Poetics 시학
1판 1쇄 | 2006년 6월 30일
1판 2쇄 | 2009년 6월 10일
출판등록 | 2003년 4월 3일
주소 | 서울 종로구 명륜동1가 42
전화 | 744-0110
FAX | 3672-2674

값 10,000원

ISBN 978-89-91914-68-1   03810